Gode blesse

18, rue du Dragon 75006 Paris
ISBN : 2-84186-068-X

Alain Turgeon

Gode blesse

ÉDITIONS MICHALON

PAGE DE DÉBUT

C'est avec mon cousin Daniel, celui que j'étais si fier d'être avec lui. Il était bien plus grand que moi donc c'était un gros privilège qu'il m'emmène quelque part, même n'importe où.

Je me fais garder chez ma tante qui est sa mère autrement dit. Il y a le fleuve qui est pas très loin de la maison juste là en bas de la côte. Sur la grève on trouve souvent de la pitoune qu'on appelle. C'est des gros billots de bois qui flottent et qui dérivent jusqu'à là. Mon cousin Daniel il ramasse les gros billots de pitoune et il va les revendre au moulin à scies qui est un peu plus loin sur la route. C'est comme ça qu'il se fait de l'argent pour ses poches.

Ce jour-là, il a trouvé une pitoune qui est vraiment la plus grosse du monde et que donc elle vaut très cher à cause de cette raison. Il peut même pas la charger sur la brouette comme d'habitude. Il faut quand même aller s'en occuper sinon c'est quelqu'un d'autre qui va la prendre. Donc mon cousin il doit être un peu dans la merde parce qu'il décide de m'emmener avec lui. C'est moi son coup de main. Moi je suis pas peu fier d'être capable d'aider.

En route vers là où elle est la grosse pitoune, on tombe sur un sac en plastique. C'est une vraie infection. C'est son acné à la grève les sacs en plastique. Mais nous on en a vus d'autres avec mon cousin Daniel. C'est pas notre première fois ici. On regarde la pollution sans écologie aucune. On s'arrête seulement pour regarder parce qu'il a l'air plein le sac.

Mon cousin il me dit tout de suite que je suis trop petit et qu'il faut que je continue à marcher sans voir c'est quoi qu'il y a dans le sac. Moi je trouve que c'est vraiment pas juste. Je veux ma part. Je veux voir de mes yeux vu ce qui est dans le sac et que c'est si effrayant. Alors je pleure, je crie, je fais tous les temps. Il me dit de fermer ma gueule et que je l'aurai voulu. Donc il m'ouvre le sac juste sous mon nez. Ça pue épouvantable là-dedans. C'est un vieux reste de cadavre de chat qui bouge de ses milliers de vers. Ils l'ont déjà à moitié déculotté les salauds. Les yeux et le museau aussi, tout bouffés.

Moi j'ai juste quatre ou cinq ans pas plus. J'ai pas trop le choix je pense, il faut que je me rende à l'évidence au plus vite. Elle va m'en faire voir des belles choses la vie. Je crois que ça date de là que je m'attends toujours au pire. (D'ailleurs c'est un peu réciproque.)

Au commencement, Dieu créa le ciel et la terre. C'est comme ça qu'elle commence la Bible. Tout allait bien et puis voilà que ça lui prend. On dit rien pourtant sur pourquoi il fait tout ça. Il y a pas une seule ligne sur les motivations. On dirait c'est un secret. Faut pas croire quand même que Dieu est qu'un sacré vicieux pour nous avoir tout créé comme ça. Si ça se trouve lui-même il sait même pas c'est quoi qui y a pris. C'est juste que la création quand elle est vraiment valable, elle dépasse son auteur. En tout cas, je pense.

Il y a une deuxième chose que je voudrais régler avec Dieu comme c'est encore le début ici. C'est dit : Dieu a créé l'homme à son image. Ça c'est un truc qui me dépasse un peu avec l'autre qui est censé être partout (d'ailleurs s'il est partout tant que ça, qu'il y reste). Mais si on réfléchit un peu, on voit que ça a du sens. Moi en tout cas ce que je pense, c'est que Dieu a pas créé l'homme à son image à lui (Dieu a pas créé l'homme à l'image de Dieu). Mais en fait Dieu a créé l'homme à l'image de l'homme. On dirait ça veut rien dire mais en fait c'est très important. C'est que l'homme est tel qu'il doit être et pas autrement. Il est créé comme ça en toute bonne conscience. C'est pour cette raison que tout dépend de lui et de lui tout seul. Le bien et le mal aussi. Mais moi entre les deux, je sais pas toujours où je suis.

Si j'écris maintenant, c'est uniquement à cause de mon gros problème : j'ai pas d'ami. Il y en a pour eux c'est rien mais moi c'est vraiment mon gros problème. Mais de deux choses l'une, soit les gens comme moi en ont jamais des amis ou soit personne en a et je suis le seul à m'en rendre compte. De deux choses l'une encore une troisième, soit je me trompe complètement sur c'est quoi un ami. Mais ça, ça m'étonnerait.

C'est à cause de ça donc que j'écris, mais écrire, je crois pas que je fais ça tellement comme il faut. Pour montrer à quel point j'ai pas été formé pour faire tout ça que je fais ici dans les pages, j'ai juste à mettre un point-virgule; je sais même pas à quoi ils servent ces trucs-là. Pourtant je trouve que c'est très joli. Je voudrais bien être capable d'en mettre quand c'est le temps. Écrire comme il faut, c'est une grosse pression sur moi. Alors soit j'arrête tout, soit j'essaie de faire de mon mieux avec mes moyens même si c'est pas parfait je sais. Donc pour passer au travers de cette épreuve, je me dis qu'un point-virgule ça doit être comme un peu plus qu'une virgule mais un peu moins qu'un point. Quelque chose entre les deux. Donc je me dis ça et je me dis que j'en mettrai si je pense que c'est la place quelque part. De cette façon, je crois pas qu'on pourra m'en vouloir parce qu'on peut pas vraiment en vouloir à quelqu'un qui fait de son mieux (en tout cas, c'est plus dur).

Des amis, j'en ai pu mais j'en ai eu. Un en fait. J'avais onze ans. Il s'appelait Michel. Depuis lui, pu rien, juste des copains, des connaissances et ce genre de choses. Avec lui, on faisait les quatre cents coups et même souvent on s'arrêtait pas là.

Je me souviens très bien de notre état d'esprit de ce temps-là. Une fois sur le journal, on avait vu un jeune comme nous qui avait trouvé une femme morte. Elle avait sa photo sur la page. Elle était belle, vers les vingt ans en plus. Le petit con il avait couru chercher sa mère. Avec Michel on en revenait pas. Nous c'est sûr si ça nous arrivait, on la fourrerait à mort. On commencerait par ça. On avertirait personne. On la cacherait dans la cave. Tu penses ! Une qui se laisse faire qui dit rien et tout.

Le plus drôle, c'est qu'on pensait vraiment ce qu'on pensait. Fourrer une morte, il y avait aucun problème là-dedans. On se disait même que ça serait une bonne idée d'organiser des rondes, pour trouver le prochain cadavre avant les autres qui courent à maman. (C'est comme ça, tout candidement, que se termine la période latence.)

Sa mère était jamais là à Michel. C'est pour ça, c'est plus souvent moi que j'allais coucher chez eux. Sa mère elle adorait les États-Unis. Michel il disait qu'elle était allée se faire mettre là-bas, dans le Sud. Californiquer, c'était ça pour elle l'*American Dream.* Elle revenait juste chaque année dans le minimum légal pour pas perdre son droit à l'assurance-maladie. Quelque part, c'était une sociale-démocrate.

La sœur de Michel était super-bandante. Elle avait quatorze ans et des seins plein sa poitrine. En plus elle avait l'air bien cochonne. On aurait dit qu'elle en voulait. En tout cas, moi je l'aurais dit. Elle passait toujours son temps avec des gars à moto. C'était ça qui était chiant avec elle ces gars à moto.

C'est Michel qui m'a appris à quoi ça servait au juste une sœur. Moi je pouvais pas vraiment savoir comme j'en avais pas. Une sœur, c'était quand même une fille. Surtout la sienne.

Le samedi, il se levait aux petites heures très tôt pour aller faire sa distribution du journal au porte à porte. Mais avant de partir, il rentrait dans la chambre de sa sœur avec des pas qu'on aurait dit ceux d'un loup. Elle dormait toujours en bébé-dolle (je sais pas écrire ce mot comme ils font en anglais). Il secouait un peu les couvertures pour les enlever et il se couchait à côté. Ensuite il relevait sa chemisette pour que je voie bien ses boules. Je les trouvais énormes, je les voyais avec la taille de mes mains.

C'est depuis ce temps-là que j'ai compris la théorie pour savoir si des seins c'est des gros ou des petits. Les gros c'est simple, ils dépassent les mains (deux mains pour un sein). Les moyens sont entre une main et deux mains. Les petits sont en dessous d'une main. La théorie est un petit peu plus compliquée que ça parce qu'il y a aussi une catégorie qui existe et qui est : les gros petits seins. Pour affiner la théorie jusqu'au bout, il faut mettre en relation le volume des seins par rapport au volume de la fille mais il faudrait un tableau pour résumer tout ça vraiment très bien.

Michel me faisait toujours un peu patienter mais il finissait toujours par mettre la main dans la culotte. On aurait dit comme un magicien qui la met dans le chapeau. Mais il y avait pas de lapin blanc. Juste une chatte tout noire. Je savais bien que c'était ça la chose sérieuse ; qu'il était là le grand frisson, là le vrai bonheur. Je préférais quand même de loin les seins. Le vagin vu d'en haut comme ça, pour moi c'était qu'un troisième dessous de bras. Une vulgaire aisselle quoi !

Michel avait toujours le temps d'y rentrer le doigt avant qu'elle se réveille. Elle avait le sommeil assez profond mais je crois que Michel enfonçait son doigt jusqu'à ce qu'il le touche. Alors toujours elle explosait. C'était une vraie kalachnikov avec ses coups de pieds sa sœur. Moi j'avais juste le temps de me cacher. J'aurais pas pu la regarder encore en face si elle m'avait vu je pense. Tout ça me faisait bander mais je me masturbais pas pour me soulager, je savais pas faire. Et de tout façon, je coulais même pas encore du sperme à cette époque.

Michel il avait une drôle de façon de se dédouaner. Il disait que sa sœur elle faisait toujours son petit numéro mais qu'en fait elle aimait bien ça. C'est pour cette raison il disait, qu'elle se réveillait jamais plus tôt. Elle attendait le doigt au fond.

Donc ici c'est déjà fini avec Michel. Je me souviens pu de grand-chose à part ce truc avec la sœur qui m'a bien marqué quand même.

Il y a peut-être aussi cette fois de quand on avait tué un chien. Mais c'était presque sans faire exprès.

Je pense j'ai un petit don mais je suis pas sûr de l'avoir tout le temps. En fait, je suis pas sûr de l'avoir du tout la plupart du temps. On dirait que des fois, je vois des choses très évidentes que personne d'autres les voit. Je dis que je suis pas très sûr avec mon don parce que ça arrive, je lis dans un livre et dedans je lis que quelqu'un d'autre l'a vue il y a longtemps ma chose évidente que je croyais être le seul.

Comme chose évidente, j'en ai une qui me vient pour donner un exemple : j'ai remarqué, comme ça un jour en pensant à autre chose, que les Européens avaient colonisé le Nouveau Monde exactement comme c'était chez eux. Les Portugais et les Espagnols au Sud, les Anglais et les Français au Nord. Je pense que c'est pas du tout un hasard, ça leur coûtait pas plus cher de faire le contraire. Mais c'est juste qu'ils l'avaient dans la tête avant même qu'ils y pensent. La preuve qu'elle prouve toute ma théorie, c'est le Brésil : enclave pareille que le Portugal dans les Espagnols.

Donc je pense qu'il faut voir l'océan Atlantique

comme une sorte de miroir grossissant. Il y a juste un pays qui brise toute cette belle harmonie. Il y a juste une colonie qui a pas beaucoup profité et dépassé sa mère. C'est mon pays ça, le Québec. Parce qu'il faut bien arrêter de jouer aux innocents, le Québec il existe pas en dehors de sa langue. C'est précisément ça qui est très fort avec ce pays. Son exploit c'est de maintenir le français au nord de l'anglais. Je pense que c'est ça qu'on nous reproche depuis toujours dans les Amériques. C'est qu'en existant, le Québec il fait une sorte de pied de nez à toute l'histoire du continent. Le Québec en fait, c'est pas seulement une langue, c'est une grimace.

Mais mon pays, ce n'est pas mon pays, c'est l'hiver. C'est pour ça que les trois quarts de l'année, je me sens apatride peut-être.

Je viens d'un milieu populaire comme on l'appelle. On manquait de rien c'est vrai. Mais pour nous la culture, c'était vraiment du luxe. C'est pour ça que j'en ai pas.

Le problème que c'est avec l'écriture, c'est qu'on arrive pas à faire sortir les choses dans le sens des aiguilles d'une montre. Par exemple ici je sens qu'il faut que je fasse un petit retour en arrière ; mais c'est comme avec les points-virgules, je m'excuse.

Ma mère était enceinte d'une fille, ça je pense que c'est très important. Par contre elle avait oublié un petit détail. Elle s'est rattrapée quand elle m'a vu. Tout de suite, elle me l'a fait circoncire le petit détail. Elle voulait en supporter le moins possible de mon masculin. Finalement je m'en fous. Même que j'en suis tout à fait fier de la circoncision. Comme ça dégage le gland, à quelque part dans l'inconscient, ça donne une impression de virilité. Parce que c'est bien ça en fait la circoncision : une maquette d'érection. En plus, c'est plus beau, c'est plus propre ils disent les docteurs.

N'empêche, je venais défier tous les pronostics des voyantes de Limoilou (c'est un quartier de Québec qui est très réputé pour ça). Je venais défier aussi tous les tu-gonfles-par-en-bas-c'est-une-fille... Après l'accouchement, il paraît qu'elle a même pas voulu me voir. C'est dire si ça commençait bien toute notre histoire.

Mon grand frère il dit qu'on m'a habillé en fille jusqu'à l'âge de trois ou quatre ans. En plus il dit qu'avec les cheveux c'était pareil, avec des coiffures et tout. Je suis né travelo, il dit. Mais tout ça, il sait que ça me fait du mal et de la honte aussi qu'il dise ça. Je pense que c'est pour ça qu'il le dit. Il est gentil en fait mais des fois, il me cherche. Même si j'y montre que je suis pas content ça change rien. On a beau se fâcher avec son frère, c'est quand même son frère après. C'est un peu magique ça.

Je sais pas si c'est parce que je suis le plus jeune ou quoi, mais j'ai toujours été plus sensible et mettons plus féminin que lui. Jeune jeune, je me faisais tout le temps garder chez ma marraine, la sœur de ma mère. Elle aussi, il paraît qu'elle était dans ce complot pour que j'ai l'air d'une fille. Elle m'achetait plein de robes par exemple (ce qui est pas vraiment normal). C'est elle qui m'a appris à pas secouer mon zizi comme une poupée qu'on lui ferait des reproches. Elle avait une autre manière beaucoup plus civilisée pour régler le fameux problème des dernières gouttes qui restent après pipi. Une fois qu'elles ont mouillé les sous-vêtements, c'est des gouttes elles sont vraiment désagréables. En plus, elles sèchent vraiment pas très vite. Je fais encore maintenant comme elle m'a appris. Je prends du papier de toilettes et je le mets sur le bout du gland là où il y a le petit trou. Ensuite avec l'autre main, je pousse les dernières gouttes le long du tuyau en appuyant avec le pouce. Comme ça, tout coule dans le papier.

J'espère que c'est clair, je crois pas être très fort en description avec les mots écrits comme ça. De toute façon, ça serait bien plus pire si j'avais fait un dessin, j'ai aucun talent pour ça les dessins. De toute façon aussi, je vois pas où on peut mettre ça un dessin dans les textes.

Ma mère, c'est pas vraiment qu'elle m'aimait pas, mais elle a toujours préféré mon frère va savoir pourquoi. En plus, c'est pas une chose que je serais paranoïaque avec et que je me ferais des histoires tout seul dans mon coin. Pas du tout. C'est aussi entendu entre moi et mon frère. Elle aimait mieux lui un point c'est tout et voilà.

Ma mère elle réussissait à merveille les soufflés. Par contre elle valait absolument rien avec les plantes. Elle aurait fait crever un nain de jardin. Pour l'éducation des enfants, c'était entre les deux. Pour mon frère, plutôt du côté du soufflé et pour moi, plutôt je pense d'un autre côté. Il faut surtout pas croire que je me plains là-dessus. Je lui en tiens même pas de la rigueur si ça se trouve. D'ailleurs j'aurais pas échangé ma mère contre des tas d'autres qui étaient pas des très bonnes mères non plus. (Et puis bizarrement, c'est quelque chose qui est pas possible de toute façon d'échanger sa mère. Il y a pas de service après vente là-dedans.) Moi et elle on était juste peut-être pas tellement fait l'un pour l'autre. C'est vrai qu'on s'était pas choisi non plus. Elle me l'a assez fait sentir avec son histoire de fille. Je suis sûr en fait que mari et femme, on aurait divorcé sans heurt.

C'est surtout je pense cette histoire de complication à cause de la césarienne et que j'étais trop gros dans son ventre à gonfler par en bas ou je sais pas trop. En tout cas, c'était pu que des fausses couches après moi. C'était kaput le beau rêve d'avoir une fille. C'était pas ma faute tout ça mais je crois qu'à quelque part elle croyait que c'était ma faute quand même.

Il faut dire que je creuse et que je creuse. J'essaie tout parce que c'est l'autre drame de ma vie cette histoire d'amour qu'elle voulait pas m'en donner assez ma mère. Peut-être j'en demandais trop. En tout cas, ça reste l'autre drame de ma vie avec le fait que j'ai pas d'ami. En plus, je suis sûr ces deux choses-là c'est connecté ensemble.

Mais j'exagère peut-être quand j'appelle ça des drames. Elle a jamais été méchante ma mère. C'est juste que la plupart de temps je la tentais pas.

Par exemple, quand je suis petit, il y a un moment que j'arrête d'y demander pour qu'elle vienne pour me border et m'embrasser. C'est pas quelque chose qui y vient naturel, il faut que je crie à chaque fois. Donc du coup, ça devient une vraie tâche pour elle, je le sens bien et ça me fait de la peine. Même des fois, elle essaie de me faire croire que je suis trop vieux pour me border. Alors que c'est pas vrai du tout, je suis encore très petit.

Je voudrais tant qu'elle vienne m'embrasser sans que je sois obligé de hurler comme je fais. Mais sinon elle vient pas. Elle vient seulement pour que j'y foute la paix.

Donc en fait, c'est pas vraiment qu'elle m'aime pas mais c'est juste que pour elle, souvent je suis pas là j'existe pas. Sauf si je crie.

Faut aussi dire des mots au sujet de mon père, ça peut être important pourquoi pas ? De toute façon, ça sera pas long, je sais pas grand-chose. Je connais juste une histoire que je tiens de seconde main. Je peux pas m'en rappeler de moi-même j'étais trop petit.

C'est mon frère il a six ans (moi juste deux), il remonte de la cave en criant qu'il y a un monstre qui a mis les pantoufles de son père. C'est à ma mère qu'il crie ça. Elle je pense elle hésite un peu au début. Mais comme elle arrête pas d'y gueuler après pour qu'il se taise et qu'il se taise pas, elle se pose peut-être un peu des questions sur c'est quoi qui se passe. Elle vérifie quand même s'il se souvient de l'histoire du petit garçon qui criait au loup et que c'était même pas vrai. Tu parles il s'en souvient, elle y est rentrée par les fesses à grands coups de claques l'histoire.

Bon, ça finit elle se décide d'y aller voir dans la cave. Elle veut en finir avec les balivernes. C'est un truc qu'elle peut pas supporter longtemps les balivernes. Et puis quand même, on fait pas des peurs comme ça à un petit enfant de six ans. C'est pas un comportement de faire ça, même pour un monstre. (Moi dans la même histoire, j'ai pas peur du tout. J'ai juste deux ans comme j'ai dit et si ça se trouve je dors j'en ai rien à foutre.)

Mon frère il s'est pas trompé pour les pantoufles. C'est bien celles à papa. Mais c'est pas un monstre dedans, c'est papa. Mon frère il l'a pas reconnu parce qu'il a la face toute enflée. En plus, elle a changé sa couleur, je me souviens pu ce qu'on m'a dit, c'est mauve ou vert ou encore une autre. En tout cas, ça ressemble pas à d'habitude. Et pour mon frère, il y a pas d'anguilles, ça fait de lui nettement un monstre. Et il s'y connaît pour ces choses, il fait tout le temps des cauchemars avec des dinosaures et Godzilla dedans.

C'est donc pas étonnant que personne l'a entendu de l'après-midi. Il était descendu pour bricoler un truc qu'il avait juste dit. L'entendant pu, ma mère elle s'était dit qu'il était parti. Normal. Mais en fait le bougre, il était descendu dans la cave pour se pendre avec une corde à sauter. Évidemment mon frère il en profite dans cette histoire pour dire que les cordes à danser, c'est des trucs pour les filles. Et que donc celle-là, elle était à moi. Et que donc, c'est un peu ma faute cette soudaine pendaison. Mais quand il dit ça, il pousse un peu ou alors c'est vraiment qu'il me cherche.

Les cordes à sauter, c'est pas quelque chose qui est très solide. Ça l'avait étouffé comme il faut et ça avait cassé. C'est pour ça qu'il était couché par terre comme absolument n'importe qui dans cette position. Ma mère elle était restée très calme. C'était une veuve maintenant. D'ailleurs quand on réfléchit un peu, chez le pendu, c'est la lévitation qui fait peur. Un pendu couché par terre, c'est pu du tout aussi effrayant. Ça devient comme quelqu'un qui dort presque. Sauf bleu.

Mon frère il dit que cet homme-là que je l'ai même pas vraiment connu, eh bien c'était même pas mon vrai père en fait. Juste le sien il dit. C'est parce que lui cet homme il aimait juste ma mère mais elle de son côté, il y avait plein d'hommes qu'elle s'entendait aussi très bien avec eux. C'était une femme moderne; c'est-à-dire qu'elle aimait ça le sexe. Qu'elle le trompait, c'était même la raison pourquoi il pouvait pu vivre le pauvre. En plus, à cause de sa maladie du diabète, fallait qu'il se pique des seringues tout le temps, à haute fréquence, vers les UHF au moins. Et encore, ça c'est rien. Il pouvait même pas manger du chocolat. Même à Noël. Alors pour lui la vie c'était vraiment pas drôle.

Mais c'est surtout à partir de ma naissance que ça marche pu fort le couple. Je suis pas sûr que ça date pas d'avant plutôt, mais de dire à partir de ma naissance, ça me donne un peu d'importance dans cette famille. Et puis c'est pas tellement un gros mensonge puisque si ça date d'avant, c'est encore valable quand j'arrive dans le monde.

Quand mon frère il me dit que c'était pas mon vrai père cet homme, c'est encore surtout parce qu'il me cherche comme j'ai dit déjà. Mais dans ce cas pour une fois, il me cherche mais il me trouve pas du tout. C'est parce que cette histoire finalement elle m'arrange. Ça me fait sentir tout comme le petit Jésus qui disait tout le temps que son père c'était pas Joseph mais que c'était le Saint-Esprit en fait. Moi, à quelque part, c'est pareil. Mais ça, je dis ça à personne sinon j'aurais bien trop l'air fou.

En tout cas, cette histoire de la pendaison de notre père (ou celui au moins à mon frère), ça explique un peu pourquoi j'ai pas d'ami d'enfance. C'est que ça fait beaucoup de bruit dans la ville qu'on habite cette histoire. Et à l'école, dans la cour de récréation, les autres enfants ils crient après mon frère et ils l'appellent tout le temps le fils du pendu. Mon frère, ça y fait de la peine énormément parce que lui tout ce qu'il veut dans la cour, c'est jouer au ballon. Mais les autres enfants en plus, ça leur suffit pas les noms, ils le battent mon frère. Donc à chaque année, faut qu'on déménage ailleurs pour que mon frère il change d'école. Mais je sais pas trop pourquoi, pendant longtemps c'est toujours la même chose qui se passe à chaque maudite fois. Avec la castagne tout pareil. C'est pour ça que les amis, on les garde pas.

C'est à cause de son enfance qu'il a enduré comme ça que j'y pardonne quand il me cherche mon frère. Je l'aime beaucoup même si je suis pas du tout capable d'y dire. Je suis sûr que lui c'est sûrement la même chose.

Maman elle avait un peu peur qu'on fasse tapette à cause qu'on avait pas de père dans notre maison. C'est pour ça la raison je pense qu'elle s'arrangeait pour nous en ramener. Des fois ça durait, d'autres fois non. Avec mon frère on trouvait pas ça facile. C'était des cons souvent ces gens. C'était trop cher à payer on trouvait le prix pour pas devenir des tapettes.

Elle les rencontrait toujours dans un bar. C'était pas tellement surprenant parce que en fait elle y travaillait dans le bar. D'ailleurs c'était une serveuse très professionnelle et très dévouée il disait le boss. Elle ménageait pas les astuces pour les faire boire les clients. Des décolletés genre grand canyon, des jupes fendues jusqu'aux oreilles. Il était content le boss, ça y en faisait des cognacs, des gins et tout ça. D'ailleurs il ratait jamais une occasion d'y montrer à maman qu'il était content de son boulot. C'est pas à tout le monde qu'il pinçait les fesses comme ça le boss.

Puis un jour, il y en a un du bar qui vient s'installer chez nous pour de vrai. Je pense j'ai vers quatre ans par là. C'est l'époque que je fais ma première commission.

Pour moi, c'est une sorte d'exploit de faire ça. C'est pour aller chercher une pinte de lait je me souviens. C'est une pinte de lait parce qu'on dit pas encore en métrique dans ce temps-là. Maman elle me met un petit papier dans ma poche. Dessus, c'est les informations qu'il faut, adresse nom tout ça. Moi je sais pas, je sais pas lire. Elle me dit que si je me perds, je sonne à une porte, je dis bonjour à la dame et je mange le papier. Moi ça me fout complètement la trouille cette histoire de me perdre. J'y avais même pas pensé une chose pareille !

De toute façon heureusement, je reviens comme s'il y avait pas de problème. Je dis à maman que j'ai perdu l'argent parce que j'ai pas la pinte de lait. En fait au dernier moment j'ai complètement craqué. J'ai acheté du chocolat j'ai tout bouffé en chemin. Moi le chocolat, c'est quelque chose que je peux vraiment pas y résister.

C'est un bon exemple que j'arrive assez facilement à remonter dans le temps. J'arrive à remonter jusqu'à là où les souvenirs sont pu très sûrs. Il y a des trucs de quand j'étais petit, je crois me les rappeler mais en fait, c'est pas vraiment des souvenirs. C'est plutôt des désirs de souvenir. C'est-à-dire que je me remplace des fois tout ce qui est flou par comment j'aurais voulu que ça soit dans ma réalité.

C'est comme ça que ça fonctionne pour la petite voiture à pédales rouge de mon frère. Je la revois presque toute au complet. C'est sûr qu'elle était toute petite, toute déglinguée et que c'est quelqu'un qu'en voulait pu qui nous l'avait refourguée.

Pourtant quand j'y repense à cette voiture, elle est

merveilleuse. Elle est même rutilante comme on dit des voitures. Vraiment très belle. Neuve. Inusable. Seize soupapes. Depuis elle, on a fait juste des imitations. En plus, je la vois pas petite. Avec toute la place qu'elle prend dans ma tête, elle peut être que grande. Il y a toute la place qu'on veut dedans. Si je me laisse un peu aller (c'est pas dur), je vois que les portes s'ouvrent, le capot et le coffre aussi. Même peut-être il y a la radio dedans (sans les cassettes sinon c'est de l'exagération et c'est pas bien). Tout ça, c'est parce que les détails ça m'enchante quand ça fait les jouets très réalistes et que pourtant ça sert juste à jouer avec.

Mais je crois que le détail qui est le plus fort, c'est que si vraiment je me laisse aller, eh bien la voiture à pédales rouge de mon frère, elle était à moi en fait. Aujourd'hui je parle pas ce sujet avec lui parce qu'il est de mauvaise foi et on s'obstinerait pour rien. Il est un peu jaloux mon frère de ma voiture à pédales rouges.

Comme pour la voiture, j'ai une vieille soirée que j'entrevois de la même façon. Il s'agit de la fameuse soirée qu'on devait aller voir plein de combats de lutte au grand Colisée de Québec. Mais ça c'est encore rien si je dis pas qu'il y a vraiment un gros clou dans cette soirée : un combat avec tenez-vous bien le Géant Ferré. Et lui, c'est mon grand héros dans cette époque. Bien plus que Batman. Le Géant Ferré, le Géant Ferré, le Géant Ferré, pendant longtemps longtemps je pense qu'à ça. Il est tellement grand que je me l'imagine assis sinon je le vois pas au complet.

Mais voilà-t-y pas que ma mère elle a un coup de tête ou quelque chose et elle décide que j'ai pas été sage et que donc j'irai pas voir le Géant Ferré que je pense tout le temps à lui. Elle va y aller juste avec mon frère le maudit chouchou. Moi j'en reviens pas de cette catastrophe. J'y dis qu'il faut pas faire des blagues avec les choses sérieuses. Alors elle me dit ma gaffe que j'ai faite mais elle parle vite et moi j'entends lentement. Je comprends pas, je me souviens pas.

Quand j'y repense, je me dis qu'en fait il y avait sûrement un truc. Elle avait peut-être réussi à avoir juste deux billets et elle savait pu trop comment me le dire qu'elle pouvait pu m'emmener (à cause de la sacro-sainte règle de la primogéniture qui faisait que mon frère passait avant). Je crois pas que ça serait possible qu'elle ait spécialement revendu mon billet pour pas que j'y aille. Je veux bien elle m'aimait pas énormément mais ça, ça serait trop la cruauté et cette femme-là, c'était ma mère quand même. En tout cas, une chose c'est sûr, j'y ai pas été.

C'est vrai aussi que j'aurais fait n'importe quoi pour lui le Géant Ferré. Peut-être ça y a foutu la trouille à maman. Peut-être elle avait peur que je parte avec lui après les matchs. Je sais pas, je comprends pas, je cherche une raison, même n'importe laquelle.

Mais peu importe finalement, je garde un très bon souvenir de cette soirée. Je reste chez nous avec l'ami de maman qui habite chez nous et qui comprend ma douleur. Alors je peux regarder la télé jusqu'à des heures très tard et on mange du chocolat qu'en veux-tu en voilà encore. Ça en est presque une orgie.

Donc quand ma mère et son fils rentrent, j'ai le grand sourire sur ma bouche, de bord en bord. J'ai tout pardonné. Je sais pas bien c'est quoi que j'ai manqué mais je sais c'est quoi que j'ai eu. Et puis quand je repense un peu plus fort, je me souviens pourquoi pas, qu'on l'a vu à la télé la soirée de lutte. En plus, les gens au Colisée ils pouvaient rien voir, ils étaient très mal placés. Si je continue encore un peu, je me souviens que le Géant Ferré il est passé à la maison en cachette. Juste moi l'a vu. Il est venu spécialement me border que ma mère elle aime pas ça me faire ça. Il a fait ça parce que c'est un justicier et que les justiciers ils aiment pas ça l'injustice.

En souvenir moi tout le temps j'exagère. Ils me font rire ceux-là qui disent tout le temps j'ai fait ci ou ça, c'était pas tellement terrible mais je le regrette pas quand même. Moi c'est le contraire ; c'est pas des souvenirs que j'ai, c'est des regrets. Je regrette tout.

Tout de suite quand il sort du ventre de sa mère le bébé, on y fout une bonne grosse claque. C'est pas tellement pour qu'il chiale en fait. C'est pour y faire comprendre au plus vite ce qui l'attend toute une vie. Faut qu'il pige tout de suite que c'est fini le bon temps.

Dans notre appartement qu'on habite, il y a la cuisine, le salon, la salle de bain et il y a ma chambre qui est juste à côté d'un drame.

C'est quand je vieillis encore un peu que je me rends compte qu'ils la battent plus souvent qu'à son tour ma mère ses petits amis. C'est dans leur chambre que ça se passe toujours. Je voudrais pas qu'on pense que c'était du sexe qu'ils faisaient et que moi je prenais ça pour autre chose. Je sais c'est de quoi je parle. Je dis pas qu'ils faisaient pas du sexe mais en plus elle se faisait battre, voilà. Soit elle aimait un peu ça sans trop l'avouer à quelqu'un (j'ai du mal à admettre, même si c'est possible toutes les choses dans l'humanité) ; ou alors soit elle était vraiment pas très chanceuse à chaque fois de tomber sur ceux qu'elle tombait sur eux.

Il y en avait un, c'est je pense vers quand j'ai sept ans. C'est l'été qu'on va passer l'été chez ma tante Monique. On met notre caravane dans leur grande cour à la campagne. C'est une ferme où ils habitent. Moi j'ai jamais vu ça tout ce que je vois. J'en reviens pas de voir que c'est des vaches qui pissent le lait que j'en bois tout le temps avec la poudre au chocolat qu'on met dedans et que j'aime ça. Et les poules avec les œufs c'est pas bien joli non plus.

Mais notre belle aventure, c'est pas spécialement pour se rapprocher de la nature. Maman elle cherche pas vraiment le grand air mais plutôt une planque. Pas question qu'il la retrouve l'autre, il veut la tuer. En tout cas, il l'a dit avec l'air bien sérieux qu'on l'a cru. Il a juste eu le temps de la taper une dernière fois avant qu'on parte. Et puis on est parti.

Nous avec mon frère on est des petits gars de la ville, ça fait que les cousins de la campagne, on les trouve un peu retardés au début. Mais c'est pas long qu'ils nous apprennent à vivre. Surtout les cousines. Moi j'avais même pas encore vraiment remarqué que j'avais un zizi dans la culotte. Dans le foin on jouait tout le temps au docteur. Mais il y avait jamais de diagnostic bien long, c'était le traitement direct, comme aux urgences.

C'est un des rares étés qui m'ont fleuri la vie. Mais comme on dit, à l'automne les feuilles tombent.

J'apprends tout plein de choses avec mon cousin Ti-Pierre. On passe notre temps à attraper des taons dans des pots, à enterrer des sauterelles, à enfoncer des trucs dans le cul du chat pour voir ça fait quoi, à d'autres choses aussi.

Quand c'est le soir, avec mon cousin Ti-Pierre et son chien Ti-Loup, faut qu'on aille rentrer les vaches. Il y a aussi le vieux bœuf qu'il faut le rentrer lui aussi. Mais il est pas parlable ce gros steak en sursis. À chaque fois, il nous court après pour nous mordre et nous on crève de peur. Moi à la fin, je veux carrément pu y aller rentrer les vaches. Activité pourtant délicieuse.

Un matin, le soleil était pas encore accroché haut, mon oncle il se décide pour le vieux bœuf. Il s'est encore sauvé celui-là pour aller faire du trouble dans le champ du voisin, le voisin qui aime pas ça en plus qu'on vienne y faire du trouble dans son beau champ tranquille. Pour dire vrai, c'est nous avec Ti-Pierre on a laissé la clôture ouverte pour qu'il se sauve et qu'on le revoit pu bon débarras. On en pouvait pu de ses crises que chaque jour c'était pareil.

L'anneau dans le nez, c'était pour y attacher une laisse au vieux bœuf. C'était un peu son chien à mon oncle cette vieille bête. Ce jour-là quand on le regarde, on voit bien que ça y fait un peu de la peine à mon oncle sa décision qu'il a prise dans sa tête. Parce que mon oncle, c'est le seul que le vieux bœuf il peut parler avec. Mais c'est décidé la décision.

Mon oncle il le rattrape chez le voisin qui est pas content et il y donne du maïs pour le tenir tranquille. Il adore ça le maïs le vieux bœuf. Ensuite pendant qu'il se doute de rien et qu'il mange le maïs qui est fait pour ça, mon oncle il y installe la tête sur une sorte de tréteau en X. La laisse qui part du nez, il enroule ça autour des pattes de devant. Le vieux bœuf il se laisse faire parce que mon oncle c'est son seul ami sur la terre et que en plus quand il bouffe du maïs il se laisse faire. C'est drôle d'ailleurs que nous il voulait juste nous mordre et que lui il voulait juste le lécher. Ils étaient tendres ensemble les deux.

C'est là que mon oncle il va dans la grange pour

aller chercher le gros maillet qui sert à planter les piquets de la clôture. C'est un maillet il est énorme, taillé dans un arbre direct. Du vrai bois d'arbre très dur. Mais c'est pas étonnant qu'elle est plantée tout de travers la clôture, il a les deux yeux dans le même trou mon oncle. En plus, c'est une tête de mule qu'a toujours refusé de porter des lunettes. Donc il prend bien son élan mais au lieu d'assommer le vieux bœuf qui sait même pas c'est quoi son avenir, il frappe un peu à côté et il y arrache la moitié de la face, que même sa mère elle le reconnaîtra pas. Du coup, je pense il est assez surpris. Il se met à beugler comme pas possible. Il prend ses quatre pattes à son cou pour se sauver encore dans le champ qu'on va être obligé d'y courir après. Je le regarde mon oncle et à ce moment-là, il se dit que la vie est dure quand même.

Tout d'un coup, il pense à son truc de siffler comme il faisait dans le temps. Il le fait et ça marche un peu. Le vieux bœuf il s'arrête. Mon oncle il continue de l'appeler avec sa voix d'un ami de toujours. Il avance en faisant comme si de rien n'était. Il cache le gros maillet derrière son dos. Mais il fait ça comme une marguerite cache un train. D'autant que le vieux bœuf même s'il est con, il peut pas aussi vite avoir oublié, avec son gros œil qui pendouille dans tous les sens. Mais de toute façon il est trop tard, même pour reculer. Donc on recule pas. Ça sert pu à rien un vieux bœuf qui monte même pu les vaches, il se convainc mon oncle. Il a eu sa bovinopause. Il est presque cuit.

Alors quand il arrive tout près, il continue à y raconter des trucs au vieux bœuf. Des histoires à eux. Puis quand il sent que c'est le moment qui est venu, il remet ça avec le maillet encore plus fort. Mais en fait il sent mal, c'était pas le moment qui était venu. Il refait pareil que l'autre fois. Tout ce qu'il arrive comme résultat, c'est arracher l'œil qui était même pu à sa vraie place de toute façon. Et c'est reparti la corrida. Mon oncle il a beau essayer encore de siffler, l'autre il est pas aussi con qu'on peut le reprendre deux fois avec le même truc. Ça devient une vraie gazelle un vieux bœuf une fois qu'on y a arraché un œil avec un gros coup de masse.

Mon oncle il rentre dans la maison. Il sort, il a son vieux fusil dans ses mains. C'est un vieux douze à deux coups, un vrai bazooka. On plaisante pu. Je vois vraiment pas comment il pourrait le rater avec ça. Mais il tire et là je vois. Donc il retourne le recharger avec deux autres cartouches pendant que le vieux bœuf il a compris qu'il valait mieux pas trop rester là.

Ça prend une grosse heure avant qu'on le rattrape. Ti-Pierre il s'ôte juste à temps que mon oncle il allait tirer dessus parce qu'il voit pas bien. Moi je suis derrière toute cette scène. Je suis que spectateur. Je participe pas. Ça finit il tire dans un endroit que sur nous c'est l'estomac mais que sur les bœufs je sais pas comment on l'appelle, il faudrait demander au boucher. Alors le vieux bœuf il se met à beugler tout bizarre que jamais on l'a entendu dire ça avant. Évidemment le chargeur est encore vide. Faut encore que mon oncle il aille à la maison. Nous on reste là avec Ti-Pierre. Le sang du vieux bœuf ça s'en va c'est terrible. Ses beuglements c'est très insupportable. Moi ça me terrifie tout ça que je vois. Pourtant je reste là je peux pas bouger seulement même un poil. Je regarde j'écoute. Il a déjà tellement la mort dans sa vie. C'est exactement comme les falaises que moi j'ai le vertige et que pourtant, je peux pas m'empêcher de regarder en bas quand même. C'est des choses qui sont plus loin que moi. Elles me dépassent ces choses-là.

Mon premier contact avec l'Europe.

Tout jeune, j'entendais parler de l'Europe mais c'est tout juste je savais c'est quoi. Dans l'immeuble que j'habite, il y a André, c'est mon bon copain lui. Ils sont trois fils dans sa famille. Ils sont les trois Québécois comme nous mais pas les parents. Eux ils sont juifs et belges. Ils sont venus s'installer au Québec longtemps avant pour avoir la paix ils disent.

Aujourd'hui je comprends mais dans le temps j'arrête pas de les regarder les parents pour voir c'est quoi qui cloche avec eux. Je fais ça avec de l'attention mais leur couleur elle est tout comme nous. Je comprends pas pourquoi André il arrête pas de dire que ses parents sont beiges. La seule différence qu'ils ont, c'est quand ils parlent, ça sort tout drôle de leur bouche.

Ils sont six dans un appartement que nous on a le même et qu'on est juste trois dedans. C'est parce que le père d'André il fait des ménages dans un grand magasin pendant les nuits et qu'on lui donne pas tellement assez d'argent pour faire ça.

Leur mémé qu'ils appellent, elle vit avec eux. Elle je comprends jamais c'est quoi qu'elle dit. Mais elle, elle s'en fout que j'y réponde pas quand elle me parle, elle est sourde comme un pot. Elle est un autre siècle pour moi cette femme. En plus, elle est malade ou quelque chose. Elle tousse tôt le matin et puis le reste de la journée elle fait ça encore et encore. Souvent c'est effrayant tout ce qu'elle tousse. C'est simple, moi, chaque fois que je la vois je me dis, elle va crever, faut prévenir quelqu'un. Mais pourtant chaque lendemain que je reviens elle est encore là, elle tousse ses poumons en faisant sa dentelle. Il y en a partout chez eux de ça. Même un truc, comme une petite robe pour mettre le rouleau de papier de toilettes dedans, tout en dentelle.

Sous les draps de son lit, André m'a montré, elle a une grande plaque mince en métal. C'est relié à une sorte d'alarme qui sonne. Ça sert à détecter les liquides avec une astuce électronique. La mémé elle appelle ça son réveil-nuit. Elle a pas honte. Elle assume complètement. Le problème c'est avec ses oreilles qui entendent rien. Alors quand elle se lâche c'est tout l'immeuble qui se réveille avant elle. Longtemps c'est ça pour moi l'Europe : une vieille incontinente.

Nous aussi dans ma famille on a quelqu'un qui est vieux. On l'a pas chez nous direct mais on l'a quand même. C'est mon grand-père. Pour dire combien il est vieux, il est mort de vieillesse vers le même temps que la mémé d'André.

Mon grand-père, on s'entend pas très bien avec lui. Il est très autoritaire avec son autorité et il critique beaucoup ma mère qu'elle travaille dans un bar. Il trouve c'est pas bien être entraîneuse.

Il a la morale pour lui ma mère elle dit, il a jamais travaillé de sa vie. Il connaît pas le monde de maintenant comme c'est dur élever deux enfants pour une femme seule avec deux enfants. Il peut toujours parler, bien à l'abri avec sa pension d'invalide.

Mon grand-père il nous parle tout le temps de la guerre et de se plaindre qu'il y a perdu presque tous ses bras là-bas. C'est encore ce qu'il a fait de mieux la guerre ma mère elle dit. C'est pour la pension qu'elle dit ça, elle est pas pour la guerre du tout. Mais pourtant jamais elle se fâche avec ce vieux qui dit que des conneries et qui nous parle de la guerre comme si c'était lui qui avait tout fait ça tout seul. Ma mère elle le laisse parler et dire ses injustices parce que c'est son père et que c'est comme ça dans ce temps-là. Juste pour la raison que quelqu'un est ton père, il peut te faire endurer n'importe quoi.

Et puis il y a l'enterrement et tout le monde pleure. Tout le monde pleure très bien, les enfants surtout. C'est des experts dans ça les larmes les enfants.

Il y a la réalité, c'est les choses qui arrivent. Faut réagir tout le temps presque à ces choses-là. On s'attend tous à quelque chose les uns des autres dans toutes les circonstances. Il y a une façon à peu près prévisible de faire ça réagir. On dit la façon normale. Par contre, on peut être plus ou moins bons ou plus ou moins convaincants dans le normal. Les fous par exemple, ils sont pas très bons. C'est pour ça leur problème. Ils réagissent des choses et on s'attend pas à ça. Alors on a peur d'eux. C'est la même chose presque qui se passe avec les étrangers quand ils sont pas assez comme nous. Mais dans ce dernier cas, c'est nous souvent les fous.

Moi à l'enterrement je vois les autres pleurer, je me dis que je devrais faire pareil mais sincèrement, j'ai pas tellement envie. Finalement je pleure mais c'est juste pour faire plaisir à ma mère. Et surtout pour qu'elle s'occupe de moi un peu plus. Elle s'occupe toujours de moi un peu plus quand j'ai l'air triste.

Les morts de toute façon je peux pas être sincère pour eux j'aime pas ça. Je peux pas avoir pitié non plus, ils me foutent la pétoche. Je regarde mon grand-père couché dans sa boîte avec le couvercle ouvert. Je trouve ça vraiment dégueulasse, pour moi il est tout pourri par en dedans. Pour moi il faut le foutre aux poubelles le plus vite. Mais ma mère elle est là et elle le regarde tendre alors je pleure.

Les adultes ils finissent par aller dans l'autre salle pour se dire des trucs d'adulte. Nous les enfants on y va pas on est trop petit. Ma cousine, c'est une vraie casse-cou. Elle a toujours des projets diaboliques et elle m'entraîne toujours. Là elle veut qu'on aille toucher le corps. Moi je la crois pas une seconde qu'elle peut faire ça. Mais elle me laisse pas tellement le choix, elle le touche trois fois, même vers le zizi. Rien l'arrête ma cousine. Donc elle dit que c'est à mon tour et que si je le fais pas, je suis vraiment ce que je suis (genre un lâche). Elle me dit que j'ai juste à faire comme si c'était quelqu'un qui dormait et que je voulais le réveiller. Mais pour moi cette idée qu'elle dit, c'est encore pire que tout. J'y dis que vraiment je peux pas et c'est là qu'elle me pousse cette conne. Je perds mon équilibre. Pour me rattraper je mets une main sur le menton de mon grand-père. Ça y fait tourner la tête complètement. Lui qu'a jamais été très attentif à ma petite personne, j'ai l'impression qu'il me considère pour la première fois. C'est trop tard notre dernière tendresse.

Les abrutis ils reviennent de l'autre salle parce qu'ils ont fini de dire les chapelets. Et là j'ai une tante qui se jette à genoux en criant : Jésus, Marie, Joseph, Jésus, Marie, Joseph... Elle arrête pas cette folle. Alors les autres ils y demandent ce qu'elle a comme ça de faire ce qu'elle fait. Elle sans s'arrêter dans ses incantations elle pointe avec son doigt la tête de mon grand-père qui est pu du tout comme avant. On dirait qu'il a tourné sa tête spécialement pour pouvoir regarder la petite croix incrustée dans le couvercle de sa boîte. Avec ma cousine on pense qu'on a fait une grosse gaffe alors on ferme nos gueules et on se met à genoux comme tout le monde avec les mains en prière. Ma mère elle est tout émue, c'est ça qui est important.

Mon enfance, je pense que ça s'arrête quand je couche pour la première fois avec une fille. Ça me prend un autre sexe pour faire de moi un homme. Avant que ça arrive, mon rêve c'est le faire avant d'avoir quatorze ans. Si j'y arrive à treize, il me semble ça sera vraiment un record et je pourrai vraiment être très fier dans le quartier. Parce que même en mentant pour se vanter, personne a jamais dit mieux que quatorze.

J'ai un copain dans ma rue il a une grande sœur. Je m'amuse pas tellement avec lui mais comme je sais à quoi ça sert une grande sœur, je suis tout le temps fourré chez eux. Au début je crois qu'elle me trouve beaucoup trop jeune. Elle a presque trois ans de plus. Mais comme elle est pas terrible à part les seins et que de toute façon elle est toute seule cet été-là, je deviens son mieux que rien.

Les filles, c'est pas comme nous. Moi tout de suite je la vois je sais que je pourrai me faire jouir avec. C'est instantané. Mais elle, ça y prend plusieurs fois qu'on se voie pour avoir ma conclusion.

On finit à force de se voir, on parle intime. Elle me dit qu'elle est vierge et tout. Moi j'y dis qu'elle s'inquiète pas, que j'en ai fourrées à tire-larigot. Ça me gêne trop ce sujet si je dis ma vérité. Finalement elle veut bien qu'on le fasse mais pas avant que ça fasse un mois qu'on sort ensemble officiel (ça veut dire qu'il faut se tenir la main dans la rue). C'est une fille avec principes.

Pendant un mois on s'affiche dans le quartier. On peut dire qu'elle me fout la honte. Parce qu'elle est vraiment moche à part les seins. Donc c'est pas une fille qu'on sort avec d'habitude. Moi je tiens le coup, je pense juste à l'échéance. En attendant, le soir on fait des petits trucs rien de sérieux. En fait, elle elle fait rien elle bouge pas elle pense c'est ça son rôle. Moi chaque fois j'essaye de l'explorer et d'y monter dessus. Mais elle veut pas avant l'échéance elle dit. Il y a un jour mon rêve s'écroule un peu à cause de mon anniversaire et que je passe à quatorze ans toujours sans être un homme. Mais ça approche tellement le moment que je pense pu qu'à ça et le reste j'y pense pu.

C'est un soir chez moi il y a personne. On est tout seul les deux. J'ai un peu la panique parce qu'elle me fait sentir que c'est maintenant. Se déshabiller, ça se passe pas de problème. Ensuite je la chauffe un peu manuel. Avec les mains je sais faire si ça va pas trop loin. On fait tout dans le noir comme si fallait avoir honte. D'ailleurs on a honte. Je finis je bloque parce que ça fait un gros bout de temps qu'on est là et que je recommence les mêmes trucs encore plusieurs fois alors qu'il faudrait passer à autre chose. Mais avec la queue je sais rien faire. Et c'est pas elle qui va m'aider certainement. Elle est couchée sur le dos avec les bras en croix, elle attend que ça se passe. On dirait que ça la regarde même pas. Ou alors elle est morte.

Je me décide quand même pour y monter dessus. Je pense que ça c'est incontournable de toute façon. Autant que je procède avec des éliminations. Donc j'y monte dessus et j'attends un peu. Et là, j'ai plein de questions dans ma tête. Par exemple, je sais pas si la queue elle va rentrer toute seule ou s'il faut la mettre dedans par une façon spéciale. Est-ce que par exemple il faut je la mette moi-même dans le trou avec la main qui guide comme le fil dans l'aiguille ? En plus, j'ai peur d'avoir l'air fou, le trou c'est juste à peu près que je sais c'est où. Et si ça se trouve faut être précis au millimètre. Donc j'attends le plus possible en la frottant pour faire diversion comme je peux. Mais pas une fois je vise bien. Alors ça peut pu durer. J'y vais avec la main et tant pis si elle rit. Au début je fais semblant de rien parce que c'est juste histoire de bien voir le trou où il est situé exactement. Elle toujours elle bouge pas. Elle attend toujours patiente ou morte. Je me dis que finalement c'est peut-être pas plus mal. Les femmes elles ont l'intuition.

Et puis par un miracle qui se passe je sais pas du tout comment j'ai fait, c'est dedans. J'ose même pu bouger j'ai trop peur que ça ressorte. Du coup, je sens que c'est bien d'être là mais c'est pas assez bien quand même. Parce que c'est surtout quand je bouge que je me rends compte où je suis : dedans. Elle elle fait juste souffler un peu fort. Je commence donc à faire des petits essais de mouvements en marche arrière. Je sors même pas la moitié pour être sûr de mon coup, je voudrais pas être obligé de repartir à zéro. Mais vite de faire ça, c'est très très bien. Elle elle m'encourage comme elle peut sans les mots. C'est fini les mots on dirait. Je me dépêche, ça passe comme dans du beurre. Tout d'un coup je vois pu rien j'entends pu rien, je pourrais même pas répondre au téléphone si ça sonnait. Tout fout le camp vers mon milieu. Je suis pu qu'un seul point. Qu'un seul point de moi. Concentré.

J'éjacule et pour un instant de secondes, je sors du monde, je deviens un hors-le-monde. Pu aucune loi me touche.

Avant il y avait seulement des fois en dormant que j'avais senti ça. Mais là tout conscient, c'est cent fois plus fort. Après de gicler par contre, je sais pu au juste quoi faire. Est-ce qu'il faut continuer à pomper ? Je sais pas !

Je continue donc encore un peu mais j'ai l'instinct qu'il se passera pu rien d'intéressant. Alors je débarque. De toute façon c'est pu bien du tout. Ça devient désagréable et même ça fait mal presque. Quand je me retourne, je la regarde et j'ai juste envie d'y dire qu'elle est laide et qu'il faut qu'elle parte tout de suite. Par exemple en Chine.

On se repose un peu et il y a à nouveau un moment on se remet à dire des mots. Rien d'intéressant. On parle surtout pas de ça qu'on vient de faire. Moi je me demande où c'est qu'il est le sperme que j'y ai mis dedans. C'est comme avalé on dirait. Est-ce qu'elle a un réservoir pour ça à l'intérieur dedans ?

J'ai ma réponse quand elle sort du lit pour partir enfin. Il y a un gros cerne qu'elle laisse. Par contre il y a pas une goutte de sang nulle part. Je suis pas du tout surpris parce que c'est bien après que j'apprends qu'elle était absolument pas vierge cette fille.

C'est plus tard que je découvre la masturbation. Quand je quitte la première fille avec qui j'ai couché parce qu'elle est vraiment trop laide, je le regrette assez vite. Il y a quelques mois qui passent et je me mets vraiment à trouver le temps long. Et comme le temps que je trouve long, je le trouve long tout seul, je me mets un peu plus à me jouer avec.

Je suis pas complètement un abruti, je savais bien que la masturbation ça existait. C'est juste que j'avais pas compris que ça pouvait marcher avec ma propre bite. Je m'étais déjà touché le bout avec un peu de l'acharnement mais j'avais jamais abouti. C'est une question de rythme. J'imaginais pas au début qu'il fallait aller aussi vite. J'avais jamais trouvé la bonne vitesse. Et puis une fois en regardant un film de gens tout nus à la télé, j'insiste un peu et je me coule tout dessus partout, même dans les cheveux. C'est dégueulasse, mais ça fait du bien.

Les éjaculations, c'est un peu nos règles des garçons dans le sens d'étape vers la maturité. Moi ça m'arrive assez tard je pense. Après tous les copains. Peut-être vers le début de mes treize ans. Je peux pas vraiment savoir si ça m'arrive vraiment après les copains avec certitude. Parce que moi quand on me demandait si je giclais, je disais que bien sûr que oui alors que c'était même pas vrai. Donc si tous les copains qu'on se le demandait ils faisaient pareil, on se mentait tout le monde. Donc je crois que j'étais biologiquement en retard mais c'est pas complètement sûr.

À partir de la fois que je pige le truc, je deviens assez un expert. Il y a un certain problème que je mets un peu de temps pour le régler, c'est : quoi faire au juste avec le sperme quand ça sort et qu'à ce moment-là on a d'autres soucis que de s'occuper des dégâts ? Au début, je prends des Kleenex pour mettre au bout et gicler dedans. Mais ça c'est pas une bonne technique parce que ça déconcentre de la jouissance. J'essaie deux trois autres techniques mais vite la meilleure que je trouve, c'est de gicler dans la baignoire. Il y a toute la place qu'on veut là-dedans et en plus il y a l'eau courante pour nettoyer après. Et puis pour la petite envie de pipi qu'on a juste après, comme pour nettoyer le tuyau, on peut la faire aussi là. Donc c'est très bien. Quand même ça me prend plusieurs fois pour arrêter de me trouver ridicule quand je me mets debout devant la baignoire pour avoir une relation sexuelle avec personne. Mais ça va, j'ai une bonne capacité d'abstraction.

La masturbation, c'est très drôle. Je m'excite avec des filles que je ferais tout pour qu'elles soient là en train de faire les choses que je pense. Je réussis ma masturbation dans la mesure que j'arrive presque à me faire croire que je suis pas tout seul. Et puis je jouis et là, je me félicite que c'était juste une branlette et que donc je suis tout seul. Fiou!

Donc je suis un homme quand j'ai quatorze ans. Je crois que ma mère elle le voit. L'année prochaine quand j'ai quinze, elle s'en va pour toujours.

Mon frère est parti de la maison déjà ça fait un bout de temps. On reste à trois dans le concubinage. Mon frère il pouvait pu le supporter le concubin. Moi j'ai pas le choix.

C'est le moment qu'elle se fait le plus battre ou bien que je m'en rends le plus compte. Certains soirs on peut dire que ça y va fort. On peut le dire mais on le dit pas, on reste très discret là-dessus à la maison. Moi je suis dans la chambre à côté. Je me demande si je devrais pas intervenir. En fait, je fais juste semblant de me demander. Je fais que me répondre tout le temps. Ma réponse, c'est non. J'ai l'âge que je serais juste assez grand pour pouvoir m'interposer et prendre les coups à sa place. Mais je peux pas le faire. Le lendemain toujours je fais celui qu'a bien dormi et qu'a même pas eu connaissance du chaos d'à côté de sa chambre qu'on aurait dit la guerre des étoiles. Mais le concubin il est pas dupe avec mon petit manège. On est entre hommes les deux. Lui il sait bien que j'aurais dû faire quelque chose hier et que je l'ai pas fait. C'est pas admissible ma conduite. Il me regarde et c'est plein de mépris. Ses yeux ils me traitent de sale lâche et d'autres noms pires encore. Ceux de ma mère pourtant ils restent plein de tendresse quand même. Ils me demandent rien et même ils s'excusent. C'est tout un monde qu'elle noie dans sa larme des fois. Moi je bois mon chocolat et je sais vraiment pu où me mettre, alors je file à l'école. Mais je voudrais être nulle part. Je voudrais être rien.

J'ai pas reçu de coups mais je cicatrise jamais. Je vis avec ça tout le temps qui me pèse. Je crois qu'il faut savoir payer ses baffes quand c'est le temps. Moi j'ai pas su je regrette.

Un jour maman elle est pas là elle est à l'hôpital. En premier, je crois que c'est l'autre qui l'a encore battue mais ça peut pas être ça parce qu'elle est pas rentrée coucher et qu'il la bat pas le jour. On apprend pourquoi l'hôpital. Elle a avalé des pilules qui guérissent la vie une fois pour toutes. À l'urgence on y a nettoyé son estomac tout propre. Quand elle rentre, ça se voit sur son visage l'estomac.

Moi d'habitude, je sais même pas quoi y dire à ma mère. Et là, je peux même pas changer mon habitude. Qu'elle se suicide, ça me dit rien. Je sais pas faire cette discussion qu'il faudrait. Je demande juste qu'est-ce que je vais devenir maman ? Je veux pas être indiscret. C'est juste je suis un peu curieux. Mais elle elle me dit rien. Dans ses yeux, c'est tout éteint. Dans sa tête, tout est fini. En réalité, elle l'a pas raté son suicide. Elle est là mais pas là. Elle est au bout du rouleau je pense. Elle a pu aucune prise dessus. C'est à cause du concubin surtout. Au début, elle avait cru que ça serait différent avec lui. Il était juste plus menteur. Un instant, elle avait cru voir le bout du tunnel. Mais en fait, sans qu'elle s'en rende compte, elle avait fait un demi-tour. Le bout du tunnel qu'elle avait vu, c'était encore l'entrée.

Donc on a un coup de pratique moi et le concubin. Ma mère elle nous remet une tournée deux trois semaines après. Là ça se passe pas pareil. On en entend pas parler pendant trois jours. Sauf qu'on se doute un peu que le corps retrouvé qu'ils parlent à la radio c'est elle. On se doute bien aussi qu'ils disent pas de nom pour pas nous faire de peine. On se doute de tout ça parce qu'on a la grosse angoisse. Enfin c'est surtout moi, l'autre il est soûl.

C'est là que je me sens vraiment seul pour la vraie première fois de ma vie. J'ai super envie de parler à quelqu'un. Le concubin qui est là je peux pas, c'est pas quelqu'un. Comme ça arrive que le hasard fasse des choses, il y a le téléphone qui sonne. Je réponds en demandant si c'est maman. Je sais bien que c'est pas elle, elle est morte. Mais c'est juste pour faire la tragédie. C'est un copain qui appelle. Je voudrais tant laisser tomber toute ma peine sur son dos mais tout ce que je fais, c'est raccrocher à son nez. C'est encore une exigence de ma tragédie. C'est pour paraître tout ça. Je fais ce qu'il me semble je devrais faire et pas ce que j'ai envie. Faut souffrir pour faire pitié je pense alors.

Le téléphone d'après, c'est la police qui appelle. C'est bien maman la vedette à la radio. Là j'ai déjà mon scénario qui est tout prêt. Je prends la bouteille de gin, celle verte très jolie avec les épaules tombantes. Je bois deux trois gorgées mais je trouve ça beurk! Heuh heuh heuh! (c'est le bruit que je tousse). Je donne un grand coup de poing dans la porte de ma chambre. Mais là je me fais mal. Je vais m'asseoir sur mon lit. Sans témoin, le concubin ça l'intéresse pas mon psychodrame, je me vois pour la première fois agir. C'est pas très beau à voir. J'ai l'air con je trouve.

Je pense finalement qu'on devrait toujours rien faire plutôt que faire ce qu'on pense qui épaterait les autres, surtout quand ils regardent même pas.

Ma mère elle s'est jetée dans une rivière. Mais une rivière, c'est plein d'eau et elle nageait comme un tournevis. Si ça se trouve, elle y a même pas pensé à remonter pour respirer. En plus, visiblement elle était pas bien étanche non plus. Ça m'en a fait un vrai cachalot de ma mère cette grosse baignade. En plus encore, elle avait toujours fait très attention pour pas qu'on la voie toute nue. Mais ils avaient pas l'air d'être au courant à la morgue. Il voulait m'en laisser un beau dernier souvenir l'agent de la police. Fallait identifier pour être sûr. Moi pour me débarrasser je regarde vite. Je dis que c'est pas elle. Je montre celle à côté. Elle était bien plus fraîche. Il est pas content la police.

De toute façon, je pense maman la vie c'était pas sa tasse de thé. Elle avait l'impression de faire chier tout le monde. Et le moins qu'on peut dire, c'est qu'elle était pas paranoïaque. En plus, comme c'était une femme qui aimait ça le sexe et qui s'en privait pas, vieillir ça lui cassait trop la baraque. Et moi ses problèmes, elle le savait, c'était pas les miens.

Elle avait pas beaucoup d'instruction. Ça l'avait toujours assez complexée. On peut pas dire qu'il y avait pas des livres chez nous. Il y en avait même plusieurs. Mais c'était tous des biographies d'Édith Piaf. Partie de rien, ça l'épatait. Elle avait lu tous ces livres beaucoup de fois chacun. C'était une spécialiste de ça Édith Piaf. La vie et les textes des chansons. Mais pour d'autres sujets, elle avait pas l'intérêt.

Entre nos deux générations, c'était vraiment le fossé. Le premier choc, c'est les petits mots qu'elle nous laissait sur la table. C'était pour qu'on fasse la vaisselle ou la tondeuse. C'était jamais bien tendre ou drôle. Un jour, on est dans la voiture les trois on roule. Avec mon frère, comme ça sans arrière-pensée, on se met à se moquer qu'elle écrit au son et que donc elle écrit que des fautes. Et ouarf ouarf! Du coup, elle rase de nous tuer tous. Dans ses yeux, il y a toute cette pluie, toute cette tristesse qui déborde. Elle pleure mais comme elle veut pas que ça paraisse, elle regarde par en haut en ouvrant grand ses yeux comme on fait dans ces fois-là. Du coup, elle est complètement déconcentrée et la route ça l'intéresse pu on dirait. Elle évite un gros poteau de téléphone à la dernière seconde. Avec mon frère on a pas besoin d'un dessin, on ferme nos grandes gueules.

Mais en fait, on s'était juste pas rendu compte de tout ça qu'on disait. On faisait juste de plaisanter. On aurait dit que ça y avait fait tout remonter ce qui allait pas dans sa vie à maman. C'était quand même pas sa faute l'orthographe et le mot pétale par exemple qui est masculin. C'était pas sa faute le monde. Elle avait rien à voir dans tout ça.

Elle avait pas de chance en plus avec le français que

c'est plein de règles et tout. Si on parlait une langue qui va avec le climat de chez nous, ça serait le suédois ou par là. Mais finalement, ça changerait probablement pas grand-chose au problème. Ça doit être assez difficile aussi le suédois. On pourrait croire que sans l'instruction, tout est plus simple. Mais en fait sans l'instruction, tout est plus compliqué. On comprend pas le monde alors on se tient à l'écart et on a honte.

Moi je faisais le gros malin. Et aujourd'hui que j'écris je peux moins la ramener. Parce que je vois que c'est pas trop facile. En plus le français que j'ai appris tout petit, c'est même pas le vrai français plus je me rends compte. D'ailleurs c'est drôle ce qu'il fait dans nos bouches notre latin du Nord. Je comprends ça la même année, à l'école. En faisant de l'histoire, pas beaucoup évidemment. L'histoire chez nous, c'est prescrit en homéopathie.

Les Européens et surtout les Français ils me reprochent tout le temps à moi le peu d'histoire qu'a connu mon pays. C'est un peu comme si notre histoire avant 1534, c'était pas tout simplement la leur. C'est un peu aussi comme si nos ancêtres, c'était pas aussi les leurs.

Au début, j'essayais toujours de leur faire comprendre ça. Mais il y a rien à faire, on nous refuse toute filiation aux cathédrales, même les pas belles. Donc maintenant quand on me reproche mon peu d'histoire de mon pays, je fais pu d'explication, ça sert à rien. Je dis juste : excusez-moi, c'est ma faute, je recommencerai pu je promets.

Quand ma mère meurt, ça devient un peu mon seul parent le Québec. Il y a juste lui pour s'occuper de moi un peu.

C'est ma névrose à moi, c'est quelque chose qui est totalement incontrôlable. À chaque fois que quelqu'un donne pas de ses nouvelles alors qu'il devrait le faire, je suis sûr qu'il s'est suicidé ou même pire. J'ai beau me dire que le monde est pas assez bien fait pour que tout le monde pense à se suicider. J'ai beau me dire que ça déconne dans ma tête. J'ai beau me dire n'importe quoi. Il y a rien à faire, je me rassure pas.

C'est pareil avec la nation québécoise. Quand elle refuse de mettre son destin et son avenir dans sa main, j'ai toujours cette impression qui me revient : qu'elle se suicide. Le Canada il opprime pas les gens comme moi, il les déprime.

Quand j'arrive à ma majorité, je touche trois mille dollars avec le notaire. Je l'ai jamais vu cet homme et pourtant il est très gentil. Il est assis là derrière ses lunettes. Il bouge pas trop. Il parle lentement pour que je comprenne son histoire d'héritage comme il faut.

C'est de l'argent pour moi cette somme qu'il me donne. Elle me brûle tous mes doigts. C'est trop gros pour que je pense à garder ça pour plus tard le moment venu. Il me faut un projet. Tout ce que je veux, c'est aller vérifier l'outre-Atlantide, ce fameux mythe. Faut que j'en finisse avec mon *European Dream.* Faut que j'y aille voir là où supposé c'est tellement mieux et d'où on a cette inexplicable nostalgie nous autres.

Pour me donner une sorte de but, c'est décidé que je vais aller étudier une langue. Au début, j'hésite un peu avec l'espagnol mais pas longtemps. Je choisis d'aller apprendre le Shakespeare, c'est plus pratique. C'est sur une pub que je trouve un petit collège à Londres. Ils sont pas trop gourmands pour l'argent.

C'est très bien, parce que je veux tenir tout l'été avec ma grosse somme.

En fait, il est assez minable ce collège mais bof! je me dis quand j'arrive. Comme on me trouve pour moi une chambre chez des vrais Anglais avec les oreilles et tout, je suis très content.

Et finalement, il est plutôt merveilleux mon petit collège. Il est plein de filles de partout et toutes seules (même les belles, alors que d'habitude elles sont jamais toutes seules les belles). C'est facile, ultra-facile le contact. On se pratique tous la langue anglaise les uns sur les autres. Moi, c'est une langue en plus, je peux dire absolument n'importe quoi dedans. J'ai pas du tout la gêne. Je me rends même pas compte souvent de ces mots qui sortent de ma bouche. Je pèse rien. En plus ça arrive beaucoup, celles à qui je dis les mots, elles comprennent même pas.

La première fois par exemple, c'est super facile. C'est avec une Allemande, Olga. Elle est très belle et tout, c'est vraiment mon genre. C'est presque elle qui me drague j'ai rien à faire quasiment. C'est dire la merveille.

Cette fille elle est assez étonnante, elle a été avortée trois fois qu'elle me dit ça comme si c'était vraiment pas grand-chose. Ça se voit pas j'y dis, pour pas faire trop l'impressionné. En plus c'est vrai, elle est comme flambant neuve. On peut dire qu'elle jouit drôle par contre. Je mords ma langue à chaque sinon ça me fait trop rire. C'est des grands gémissements rauques avec les yeux tout tournés à l'envers. Ça passe par un moment, elle se rend même pu compte je suis là dans son trou. Des fois, je sais pu trop comment m'en sortir. Ça me pousse à continuer après que moi c'est fini même si c'est très désagréable de faire ça. Elle comprend pas mes limites cette fille. Pourtant j'ai que ça des limites. Heureusement qu'elle est belle.

Je jure, je pars toujours avec les meilleures intentions du monde. Mais quand le moment crucial ça arrive, il y a comme mon biologique qui vient court-circuiter mon psychologique. Et c'est là que je me mets très vite à oublier toutes mes bonnes résolutions. Je suis pas comme ceux qui disent que la chair est faible. Moi je plie à chaque fois. ça se passe très vite dans ma tête. Je me mets à me dire ces choses, il y en a trois :

1) Comme j'ai pas pu vraiment me retenir et qu'il y a déjà un petit peu de jus qui est sorti, si je fonce pas, ça va être tout perdu et je jouirai pas. Ça qui serait vraiment trop dommage.

2) De toute façon, j'arriverai pas à la faire jouir c'est certain.

3) Je me rattraperai la prochaine fois c'est juré craché.

(Et accessoirement : prends ça salope)

C'est toujours là, au moment que j'ai envie d'y dire des gros mots que la seconde d'avant j'y aurais jamais pensé, eh bien c'est toujours là que j'y remets deux trois bons coups pour tout lâcher.

Je pourrais tout à fait éjaculer sans que personne

sache. Mais j'extériorise à chaque fois. C'est surtout pour qu'elle se rende compte que c'est fini ou presque et que tous les voyageurs descendent de voiture. Terminus. Minus c'est moi. Je gémis un peu pour faire comme elle. Puis quand mon os a lâché toute sa moelle, quand il y a pu rien dedans, je tremble, je frétille. C'est pour qu'elle prenne en pitié la pauvre petite chose que je suis. Et c'est surtout pour qu'elle pense à autre chose qu'à l'orgasme que j'ai même pas été capable d'y donner.

Mais avec Olga, il y a rien qui se passe comme normal. Quand je rajoute mes deux trois bons coups que je parlais, ça la plonge encore plus dans des histoires à elle. Et là, elle veut pas savoir une seconde que c'est fini. Elle me dit toutes sortes de choses cochonnes en allemand que moi je peux même pas les comprendre. Elle me retient avec ses jambes autour de moi très fort. Et son bassin il bouge très fort et on peut pas l'arrêter. Alors moi je fais ce que je peux, j'ai comme pas trop le choix. J'essaie d'y repousser son envie par en dedans. Mais c'est très dur pour y arriver. Alors j'y mets toute ma dernière énergie. Faut que ça s'arrête. Souvent c'est là qu'elle monte. Je le sais parce qu'elle me dit mon nom très fort. Par contre je sais pas pourquoi, elle m'appelle Klaus. Mais moi si ça y fait plaisir, elle peut même m'appeler comme elle veut.

Notre aventure, ça dure pu tellement longtemps. Faut qu'elle reparte là-bas d'où elle est venue d'ailleurs. Outre-Rhin, je pense à toutes sortes de jeux de mots avec ça. Son départ, c'est un peu dommage. Mais dans le collège, il y en a plein d'autres filles qu'elle. Alors la vie c'est pas grave pour une fois.

C'est un jour, on a une disserte qu'il faut faire pour la classe. On peut faire sur n'importe quoi c'est libre. C'est juste pour pratiquer l'anglais elle dit le professeur. Elle est gentille cette dame malgré l'ombre à paupière mauve.

Moi je choisis mon sujet c'est le mot « thing ». Ça a l'air de rien ce mot et pourtant non. Je l'analyse au complet. Il est pas du tout comme notre mot « chose » qui bouge pas et qui fait rien. Le mot « thing » il a un petit poumon dans lui. C'est le suffixe « ing » ce poumon. Et ce suffixe dans ce cas ici, il vient substantiver l'article « the ». D'un côté, il y a donc l'article qui apporte son côté très général (le, la, les) et de l'autre, il y a le gérondif qui tire tout le mot vers l'action. « The » + « ing » = « Thing », j'explique. Et c'est ça qui est très fort avec ce mot, le mot « thing », c'est l'article « the » qui est en train de faire quelque chose par lui-même. On sait pas c'est quoi cette chose qu'il fait, on sait juste qu'il est en train de la faire. Le suffixe « ing » fait que l'article « the » existe tout seul, sans pu avoir besoin de mot à déterminer. Magie de langue.

En tout cas, c'est tout ça que je raconte dans ma disserte. J'étire un peu pour que ça fasse les cinq pages qu'il faut. Le truc d'écrire gros ça suffit pas. Je rajoute ce que je vois quand le mot « thing » s'associe avec des préfixes et que ça fonctionne comme un petit système métrique avec « thing » qui serait le mètre et « no, some, any... » qui seraient les kilo, hecto et tout ça...

Le professeur elle trouve ça magistral. Moi au début, je crois qu'elle veut rigoler. Mais ça l'épate vraiment on dirait qu'on soit capable de voir des choses dans sa langue qu'elle elle les a jamais vues et pourtant elle est prof. Elle me met la plus grosse note et en plus, elle lit toutes mes phrases aux autres. Ça me fait le dos tout rond qu'elle fasse ça et qu'elle dise aux autres que je suis très intelligent même si ça se voit pas.

À la fin des cours, il y a la Brésilienne, elle est très jolie celle-là. Suave, il dit Mario l'Italien. Elle vient me voir pour me demander si elle peut relire mon truc s.v.p. Elle dit que ça l'intéresse beaucoup. Je regarde Mario, il crève de jalousie. Elle est un an de plus jeune que moi et très chaude comme on les imagine nous les Brésiliennes. On parle, on parle. Après on va manger un peu et puis encore après, on va chez elle. C'est pour la reconduire théoriquement. Je la connais pas depuis très longtemps mais tout de suite, ça prend pas long, elle me suce. Moi ça me dérange pas d'ailleurs, on pourra toujours se connaître plus un autre jour.

C'est une sorte de phallophage cette fille. Une vraie pipelette. Elle a plein de théories là-dessus. Et pour la pratique elle est très bonne aussi. Elle monte, elle descend et elle me fait un truc très extraordinaire que jamais j'aurais pensé que quelqu'un me ferait ça. Elle le prend et elle fait semblant que c'est un cornet de glace et elle lèche tout le tour tout le long. Elle me dit qu'il faut que je regarde. Moi ça me gêne mais elle a raison, il faut que je regarde.

Elle arrête pas de se moquer des Anglaises à ce sujet des pipes. Elles ont rien compris les Anglaises elle pense. Elle elle est plutôt francophile. Pipe, elle trouve c'est une belle image. Moi elle me fait ça, je brûle. Et pour le parallèle avec la fumée qui sort, je trouve ça très fort qu'elle me dise ça. Mais les Anglaises elles, elles disent « blow job ». Moi j'avais même pas remarqué que « to blow » ça voulait dire souffler. On se l'imaginait l'Anglaise en train de faire ça. Évidemment que c'était pas agréable, évidemment que c'était du boulot.

Bon, ça dure un peu avec la Brésilienne et puis elle repart elle aussi sans qu'on fasse jamais autre chose qu'elle me suce. Pour le reste, elle relie ça avec le mariage ou en tout cas, je pose pas trop de questions. Avec sa manière qu'elle me met dans sa bouche, je me plains pas. Une fois seulement, elle me demande pour que je la suce aussi parce qu'elle est très excitée. Mais comme elle vient juste de me sucer avant, j'ai vraiment pas envie et je dis non.

Je raconte encore une fille mais c'est la dernière parce que après c'est moi qui pars de l'Angleterre. Elle est japonaise celle-là. C'est encore plus facile que les autres. Elle est assise juste à côté de moi dans notre classe. C'est un jour comme ça, il se passe rien et puis elle débarque de là-bas de l'autre bout de la planète et elle s'assoit sur cette chaise à ma droite. Elle est vraiment très mignonne je trouve tout de suite. Il est merveilleux mon petit collège je pense.

J'y fais du genou à longueur de journée. Ça la dérange pas. Juste elle me regarde et elle sourit un peu timide comme elle est. Moi elle me fait complètement craquer, il y a qu'à me voir. Il y a qu'à me voir et on voit tout de suite.

On finit qu'on sort ensemble. Je fais les premiers pas. Je fais les autres pas aussi, elle est timide plutôt. C'est ma geisha rêvée. Elle est très branchée sur la mode. Elle me sort à chaque jour toutes sortes de trucs de sa civilisation si avancée là-bas. Moi, tout le temps je fais celui qu'est intéressé mais c'est que elle que je regarde. J'en reviens pas comme elle est blanche à côté de celui qui vient de Taïwan avec des lunettes et qui est aussi dans notre classe. Alors elle m'explique toute l'histoire. C'est ses parents qu'ont pris des pilules pour pu être jaunes il y a longtemps. Et ça a déteint sur elle forcément. Pourtant c'est beau être jaune j'y dis. C'est comme le soleil.

En plus, quand elle était bébé, ils l'ont fait opérer pour faire ses yeux comme nous. Elle elle est toute fière parce que au Japon, les autres la prennent tout le temps pour une Occidentale. Moi je la rassure, j'y dis que pour nous il y a pas d'anguille, elle reste de là-bas. Mais ça y fait pas tellement plaisir que j'y dise ça. Alors je sais pu trop quoi dire. Je me rattrape comme je peux. J'y dis elle reste pour nous une fille de là-bas en Australie. J'y arrache un sourire tout mignon et tout timide comme elle les fait. Je craque encore.

On a pas très longtemps pour se connaître, ça fait qu'on décide de pu aller au collège. On passe nos après-midi à se rouler des pelles à Hyde Park. Le problème aussi, c'est qu'on a pas le temps pour coucher avant que je reparte parce qu'on habite de chaque côté différent de Londres. Surtout, je sais pas comment m'arranger pour qu'elle vienne passer la nuit chez moi sans avoir l'air du mec qui pense à ça. C'est vrai que je pense qu'à ça mais avec elle je fais semblant que non.

En tout cas, j'ai le gros béguin. Le jour que je pars, elle vient à l'aéroport et elle arrête pas de pleurer elle aussi. Moi, elle me fend mon cœur. Du coup, à partir du moment qu'on se quitte, on se met à entretenir la flamme au papier. Néanmoins je garde pas ses lettres et je me souviens pas trop de quoi j'y écris non plus. Je me souviens juste dans une lettre, il y a sa photo qui est là. Je la mets sous l'oreiller comme je faisais avec les dents que ça marchait même pas d'ailleurs.

Dans les lettres, on décide que c'est pas assez notre épistolaire. Alors on prévoit pour se revoir à Paris à Noël. La séparation, les deux on trouve ça très romantique.

Je mets toutes mes privations dans le billet d'avion. J'arrive le premier. Je l'attends un peu, ça fait que j'ai encore plus hâte. C'est des mois et des mois qu'on s'est pas vu. J'ai eu tout le temps de me faire des tas d'idées sur comment elle est. Et puis quand je vais la chercher à Orly, je vois qu'elle est pas du tout comme ça.

Elle arrive de Milan. Là-bas, elle étudie la mode dans une école très chic internationale. Et la mode, on peut pas vraiment dire qu'elle plaisante avec ça. C'est une intégriste. Mais juste cette année-là à Milan, le gros truc c'est les cheveux ras du crâne. C'est simple, elle descend de l'avion j'y parle pas. Je la reconnais pas. On dirait elle sort d'un camp cette fille je pense. Ça me la coupe dru quand je me rend compte c'est qui.

Du coup, on décide qu'on se laisse un peu de temps. On va chacun chez ses amis qu'on a à Paris. Mais ni l'un ni l'autre on peut rester là chez ces gens. Elle a froid à Paris de toute façon. On est vraiment fait pour s'entendre, moi j'adore cette ville j'adore être là. Donc c'est décidé, on va aller au Sud. En Espagne en train, c'est probable. Elle a une grosse liasse de dollars américains pour nous elle dit. Moi pour nous j'ai rien, pu rien.

En Espagne, on a un peu du mal avec la langue. Elle

avec d'où elle vient, elle comprend pas qu'avec mon français, je me débrouille pas en Espagne avec l'espagnol. Mais en fait, je dois pas comprendre ce qu'elle veut dire sinon c'est très bizarre qu'elle dise ça. C'est pas très facile pour se comprendre les deux, elle parle anglais encore plus mal que moi.

On arrive on est assez fatigués et on a pas très envie de faire des kilomètres avec les bagages. Surtout moi qui fait le galant homme alors que d'habitude c'est pas mon genre. On prend une chambre dans le premier hôtel qui passe. Vu du hall d'entrée, ça paraît pas trop mal. Mais en fait, c'est glauque à mort le reste. On a la fenêtre de la chambre qui donne juste au-dessus des poubelles dans la cour toute sale. De son côté, elle est très accommodante. Elle ferme les rideaux elle râle pas. Elle fait son sourire que j'aimais tant et que là je sais pu trop. Mais vraiment, sa coupe de cheveux, ça me casse trop la baraque.

C'est pas qu'elle est spécialement attirante sexuellement. Les Asiatiques, c'est toujours un peu chiche sur les quantités. Mais malgré tout, c'est plus fort que moi, je peux pas m'empêcher de voir mon intérêt. Je peux pas m'empêcher de me dire qu'au moins je vais pouvoir tirer un coup facile.

Le premier soir, je la tâte un peu juste pour voir. Elle elle bouge pas trop, peut-être elle dort déjà. Je remets ça sur la faute de son éducation qu'ils ont là-bas et que c'est pas comme nous. Le jour, on visite les choses de l'Espagne autour et le soir je recommence. Je fais ça chaque soir un peu plus, très progressivement, pour pas la brusquer. Je reprends toujours à peu près là où j'ai laissé. Mais elle, c'est une discrète, je fais tout sans qu'elle m'encourage le moins du monde. Ou alors, elle veut vraiment pas passer pour une vicieuse. Ça peut arriver. On a des lits jumeaux dans la chambre. Ça se passe toujours dans le sien. Des fois, j'attends un peu pour voir si elle va venir dans le mien. Mais finalement je constate vite que c'est pas la bonne méthode.

La veille qu'on parte, je me sens comme si fallait à tout prix qu'il se passe quelque chose. Dans ma tête, tout ce que ça pense, c'est à pas rater une occase. Ça rebondit dans ma tête ce jeu de mots stupide : geichatte, geichatte, geichatte...

Comme ceux qu'on dit ils ont une pierre à la place du cœur, moi je suis sûr on ouvre mon crâne, c'est une bite dedans.

Donc ce soir-là, je suis fermement décidé. Je viens la rejoindre dans son lit jumeau encore une fois. J'essaie de la réchauffer en passant mes mains ici et là. J'y parle doucement de sujets et d'autres. Genre la beauté du gothique. En fait, c'est des trucs à moi pour la foutre à poil sans trop qu'elle s'en aperçoive. Quand même, elle a pas l'air rassurée. Alors soit elle a vraiment du sentiment pour moi ou alors soit leur éducation qu'ils ont là-bas, c'est vraiment de la merde. En tout cas, j'y monte dessus et elle bronche pas. Je me mets à frotter avec mon bout pour que ça mouille bien comme il faut. Et c'est là qu'elle frétille un peu.

Je me souviens, j'essaie de rentrer mais c'est pas faisable. On dirait que ça bloque ou je sais pas quoi. Quand je force, j'ai presque la queue qui plie au lieu que ça rentre. Alors c'est simple, j'y fais une attelle avec ma main serrée fort autour et là je fonce vraiment. Sans faire comme ça, je pourrais pas passer au travers.

Malgré tout, je peux pas l'enfoncer comme il faut. C'est un peu frustrant. Elle gémit un peu sourdement, comme par en dedans. Je continue imperturbable. Moi quand le moteur est en marche, il est en marche. Et là, un miracle, elle me parle. Dans son petit anglais, elle me dit que c'est très bien, elle dit : « Oh Alan, it's hot ! it's hot ! » Moi je me tiens pu qu'elle me dise ça. Moi qui croyait que c'était pas tellement son truc d'être cochonne.

Je me sens complètement déculpabilisé. Alors je la pompe deux fois plus. Carrément j'y saute dedans. Là elle me tient les hanches puis elle me griffe dans le dos comme dans les films. Alors elle redit ce qu'elle avait dit un peu avant. Cette fois-là, j'arrête de m'imaginer des choses et je comprends ça qu'elle dit pour de vrai. C'est pas « It's hot », c'est « It hurts » qu'elle redit plusieurs fois. Je gicle quand même tant qu'à y être et j'y suis presque. Je fais ça en rajoutant mes fameux deux trois bons coups.

Je retourne dans mon lit mais j'ai pu tellement le moral. Après de gicler, je deviens un peu humain si je réfléchis. Mais là heureusement, je décide de pas réfléchir, je vais dormir à la place.

Le lendemain quand je me réveille, j'ouvre les rideaux. C'est encore les poubelles très dégueulasses la vue. Je la cherche des yeux, elle est pu là. Son lit est même pas fait. On dirait c'est tout exprès. Il y a une grosse trace de sang au milieu.

Elle est bel et bien partie. Il y a pu ses affaires nulle part. Moi je dormais trop dur je pense. J'ai rien entendu. Elle a pu jamais donné de ses nouvelles. Et là, c'est plus fort que moi, je peux pas m'empêcher, je suis sûr qu'elle s'est suicidée probablement. C'est tout ma faute. J'étais jeune je savais rien.

Mais même avec mon petit collège, je parle toujours aussi mal anglais. Mais j'en fais pas trop de complexe parce que c'est réciproque. Lui aussi l'anglais il m'a toujours mal parlé. Je sais pas au juste c'est quoi. C'est une sorte de hauteur de ton, de mépris presque. En tout cas, ça va pas. Ça vient pas de moi, c'était là bien avant.

C'est pour ça je pense j'ai toujours voulu être français. Pourtant je sais très bien qu'elle est pas bien cette envie. Les autres de chez nous qui l'ont, je les aime pas du tout c'est des cons.

Mais pour moi, ce qui est bien avec les Français, c'est qu'ils peuvent parler notre langue tout le temps et que jamais c'est un combat de faire ça. Que jamais de faire ça, ça les bloque pour monter. Nous c'est comme si de parler notre langue, c'est juste à la maison qu'on pouvait faire ça. C'est comme si notre langue, elle était pas faite pour la vraie vie. C'est tout le temps ça qu'on veut nous faire croire. Ça et Dieu.

Pour payer mes études d'ingénieur, faut que je travaille l'été sinon après j'ai pu assez de sous. Faut travailler parce que les prêts et bourses de l'État, c'est pas assez. Oh! c'est très gentil quand même, je crache pas dessus. Mais c'est trop juste.

Un été que je trouve rien, tout ce que je trouve, c'est garde de cérémonie à Ottawa pour faire ça devant la résidence du Gouverneur général du Canada. Ce qui est quand même pas n'importe où pour faire ça. L'armée, ça me dérange pas de rentrer là-dedans. C'est parce que les Français eux ils doivent faire le service militaire et que comme je voudrais être français, à quelque part ça me fait faire comme eux. C'est vrai par contre que le service militaire, je trouve que c'est une tradition complètement barbare et arriérée. Mais quand même, je suis un petit peu jaloux que les Français le fassent et pas moi. Je sais pas bien expliquer tout ça. C'est pas très clair mes psychoses.

C'est donc un été que je m'enrôle pour gagner de l'argent. Parce que pour un étudiant, c'est assez payant la paye et nourri blanchi en plus. Mais quand ça commence, je sais pas du tout c'est quoi qui m'attend et je vais pas être déçu.

Je reviens juste un peu sur ma drôle d'envie d'être français. Ça vient un peu de l'histoire peut-être. Parce que au début chez nous, c'est la Nouvelle-France. On est les Néo-Français. Les ordres viennent de Paris. Et puis après, les Français ils laissent tomber. Dans les livres, c'est écrit la date importante : 1759. Les Français, ça les intéresse pu tellement la Nouvelle-France parce qu'ils ont bien d'autres chats pour les fouetter chez eux à ce moment-là. La bataille des Plaines d'Abraham Martin, c'est quand même tout juste trente ans avant la Révolution. Moi ça me fait toujours drôle d'entendre ça la bataille des Plaines d'Abraham. Nous on s'est jamais battus là. Quand j'étais petit, on y allait juste pour jouer au frise-bi et manger des sandwiches au jambon enveloppées dans du papier d'aluminium. J'imagine pas tellement donc.

En tout cas, les Anglais eux tout de suite ils veulent pu qu'on s'appelle Canada (moi sincèrement, c'est pas moi que ça dérange). Chez nous, ils trouvent un nouveau nom pour ça : « Province of Quebec ». C'est la province où il y a la ville de Québec dedans. Cette ville elle est toute majestueuse sur son fleuve Saint-Laurent. La province qui va avec, c'est donc toutes les terres qui vont avec le fleuve. C'est tout ça chez nous. C'est très gros, ce qu'ils expliquent en trois mots les Anglais.

Mais nous, ça nous prend bien deux gros siècles pour comprendre tout ça. Et encore, c'est pas tout le monde qui comprend encore aujourd'hui.

La nation québécoise, elle est juste en ferment pendant les deux siècles que je dis. Une nation en ferment, c'est une nation qui se laisse faire. Elle éclot pas vraiment avant 1960 la nation, parce que c'est vers ce moment qu'elle se voit pour la première fois. C'est à la TV que ça se passe. Elle en revient tellement pas comme ça de voir qu'elle existe la nation que ça la pousse à une révolution presque. Il faut tout changer d'un seul coup, il faut être moderne. C'est parce que la TV, ça fait qu'on veut paraître au mieux.

Mais les deux siècles pendant lesquels on dort, c'est là qu'il se forge notre caractère propre à nous autres. Pendant ces deux siècles, notre histoire, c'est une histoire de perdants. On perd tout le temps. Elle nous fait pas beaucoup briller notre histoire, ça doit être pour ça qu'on l'apprend pas. Donc c'est un fait, notre nation elle s'est élaborée l'échine courbée. C'est pour ça notre sport national qui est le O.K. Dominés depuis toujours, c'est nous ça.

Je dis tout ça parce que je pense c'est très important pour comprendre ma génération. On est un peu différents. Les Québécois d'avant, ils nous ont transmis notre complexe d'infériorité ancestral mais ils nous ont pas transmis l'infériorité elle-même. Alors des fois, on sait pu où se mettre. On sent qu'on doit se racheter de quelque chose mais on sait pas au juste c'est quoi.

En tout cas dans l'armée canadienne heureusement, les choses elles sont claires. Eux ils sont pas du tout au courant qu'on nous a pas transmis l'infériorité. Ils nous traitent comme dans le bon vieux temps. Dans l'armée du Canada, les régiments sont divisés entre les anglophones et les francophones. Mais mon régiment qui monte la garde devant la résidence du Gouverneur général, il est bilingue. Donc ça veut dire qu'il y a des francophones dedans mais qu'il faut qu'ils parlent anglais. Parce que le français, ce régiment il veut pas en entendre parler. Ça fait que la plupart du temps on ferme nos gueules.

Moi je pensais qu'on prendrait un peu du temps pour s'amuser des fois. Mais juste nos chaussures, c'est une vraie religion dans l'armée. Ils sont tout le temps là à nous les regarder. Comme si c'est parce que ça brille qu'on pue pas des pieds. C'est quelque part des sacrés hypocrites dans l'armée. Heureusement on a des petits moments drôles avec les grenades et la mitraillette.

Je sens vite qu'on a un gros problème dans l'armée.

C'est pas moi qui l'ai personnellement le problème mais plutôt l'armée elle-même. Ça va pas dans l'armée parce que notre but, il faut l'avouer, c'est quand même de tuer du monde. Donc faut toujours faire semblant que je sais pas trop quel pays nous en veut à mort et que nous, on a rien fait et qu'on va juste se défendre. Mais comme ils sont vraiment pas gentils cet autre pays, on va les étriper tous et même jusqu'au dernier.

Mais tout ça, ça peut pas vraiment être sérieux. Défendre le Canada et se battre pour ça, c'est pour moi vraiment une idée qui est absurde. Pourquoi pas aussi défendre les cors aux pieds ?

Notre sergent qui est pas la moitié d'un fêlé, il en a toujours après les Russes. Il arrête pas de nous dire à quel point c'est nos ennemis Ivan et Boris. Moi je suis tout surpris, j'en ai même jamais entendu parler de ces deux-là. C'est peut-être une histoire de TOP SECRET comme ils en ont dans l'armée. C'est l'endroit pour ça.

Pour le sergent en tout cas, la vie c'est fait que pour être tué. C'est toujours Ivan par ici, Ivan par là ; en mimant les gestes avec la baïonnette. Moi il me fout carrément la trouille ce fou. Il a tellement cette haine pour lui que moi Ivan, ça me le rend sympathique. Cher Ivan je l'appelle.

Quand on fait des parades devant le Parlement du Canada (c'est une autre de nos belles activités), on a une fanfare pour nous rythmer nos pas. Il y a que dans la fanfare qu'il y a des filles. C'est tout ce qu'on a comme vivier sur notre base. Pas besoin de dire que c'est pas les choux gras, mais je le dis quand même.

Faut dire aussi que moi il y a beaucoup de périodes c'est simple, je baiserais une porte. J'en trouverais une ouverte juste comme il faut et hop! Je suis vraiment pas regardant dans ces périodes. Je sais pas si je suis un cas spécial mais la plupart du temps, la libido ça me prend toute la place. En plus, ma libido elle est très banale. Elle a pas des perversions originales ni non plus des fantasmes incroyables pour me vanter. Juste un petit missionnaire et elle est très contente. Une levrette, ça y vient même pas à l'idée je suis sûr. Mais le sexe, c'est tellement rationné, je vois pas comment on peut être heureux quand on est comme moi et qu'on pense qu'à ça sans faire exprès.

Il y a une fille dans la fanfare, dans la vraie vie je l'aurais même pas vue c'est évident. Mais là je la vois. Je la drague un peu l'air de rien et ça marche. Chaque soir quand on a fini nos simagrées de soldat, je vais la retrouver à sa caserne des filles. À l'extérieur seulement parce que dedans, les garçons on a pas droit d'y aller. Alors on va dans des petits coins tranquilles pour se rouler des pelles. Je vais jamais bien loin avec cette fille. Je sais pas trop pourquoi. Peut-être c'est parce que j'ai peur que quelqu'un arrive dans les coins tranquilles. Peut-être c'est parce que je pense qu'elle voudra pas de toute façon. Elle doit pas avoir beaucoup d'expérience avec les garçons. Peut-être c'est parce que simplement c'est un boudin. Ou peut-être encore une autre raison.

À la fin de l'été, la fanfare ils organisent une soirée de gala juste pour eux. Ma petite copine elle m'invite pour que je l'accompagne. Moi j'ai rien d'autre à faire et elle me dit qu'on mangera gratis. Durant la soirée, ils font un peu comme une sorte de remise des oscars.

On donne un prix pour celui qui joue très bien, pour celui qui est très gentil, pour celui qui fait d'autres trucs aussi mais je comprends pas au juste c'est quoi. En tout cas, la soirée avance et là tout d'un coup, il y a l'oscar très drôle de la salope de l'été. C'est pour celle qui s'est fait tripoter par le plus grand nombre. Tout le régiment est passé dessus il dit le mec au micro. Il l'appelle la fille et tout le monde se retourne. Elle elle se lève elle reste très digne. Elle y va chercher le prix. Elle m'embrasse sur le front et elle me dit : « squiouse-mi ». C'est mon boudin.

Tout le monde me regarde on dirait. Tout le monde rit de moi j'ai l'impression. Ce qui me fait le plus de peine à ce moment pourtant, c'est ma solitude. C'est vrai que le roi des cocus il est obligé de se sentir la risée et que c'est pas drôle, mais le pire c'est vraiment que je suis tout seul. Parce que ridicule, je sais que ça va être fini dans une question d'heures. Je les reverrai jamais toute cette bande. C'est mon truc quand ça va pas avec certains autres : je les tue de mon avenir et ils existent déjà pu. Ridicule donc, c'est pas trop grave. Mais tout seul, je sais que les heures elles peuvent rien contre ça. Même pire, je sais que les heures elles encouragent ça. La solitude c'est ma grosse différence du monde et ça m'isole.

Le comble dans cette histoire, c'est quand même que j'avais l'impression d'y faire l'aumône à cette fille en sortant avec. Elle avait l'air toute fière de se montrer avec moi. En plus ses seins, je trouve qu'il y en a pas et même que du haut, elle est comme un oignon cette fille : tu déshabilles tu déshabilles et puis à la fin, il reste pu rien.

Comme la blague qui dit, elle était tellement plate que j'avais toujours l'impression de la voir de dos. Par contre son dos, c'est vrai que ça me fait penser à son petit cul et il était très joli celui-là.

Comme j'ai raconté déjà, mes parents sont morts les deux. J'ai jamais trop mal pris ça d'être un orphelin. La seule chose, c'est que à chaque fois quand on me demande de quoi ils sont morts ma mère et mon père, j'ai toujours un peu une hésitation, ça fait comme un malaise. C'est parce que les gens ils sont pas tellement habitués avec le tragique en dehors de la TV. Alors si je dis vrai, je fais souvent pitié et je suis un peu vieux pour ça maintenant. Donc je dis qu'ils sont morts avec un accident. Il y a deux fois sur trois que ça s'arrête là. Je fais en plus celui que ça l'embête beaucoup ce sujet. D'ailleurs c'est vrai que ça m'embête ce sujet. Pour l'autre fois, j'invente comme je veux. C'est suivant mon inspiration comme elle est. C'est presque un jeu maintenant. Surtout, cette façon, ça fait que c'est moins dur pour moi.

Maman, je la fais souvent mourir d'un gros cancer du sein, avec la phase qui est terminale et tout. J'y épargne pas grand-chose. Quelque part, ça doit être parce que j'ai le sentiment qu'elle a pas été assez une bonne mère pour moi. Elle meurt par où elle a péché ça y apprendra. Mais après, quand j'ai tout dit, j'ai des remords d'avoir dit ça.

Pour mon père, ça varie bien plus. Évidemment comme je l'ai pas connu, j'ai pas d'entraves aucune. J'y laisse le bénéfice du doute d'être un bon père et donc jamais je le rends malade. Alors son histoire, ça va du simple accident de voiture quand je suis pas en forme, à la noyade en haute mer au cours du renflouement d'un vieux galion espagnol parce qu'il était chercheur de trésors et qu'aujourd'hui il y a pu que là qu'on en trouve. Mais c'est très risqué de faire ça, la preuve! (Celle-là elle marchait quand même mieux quand j'était petit.)

À la mort de ma mère, je suis juste un ado. Donc j'ai pas l'âge d'être un adulte encore. Je suis bien capable m'occuper de moi tout seul mais pas avec la loi comme c'est fait. Un adulte, c'est quelqu'un qu'on peut laisser crever dans la rue et que c'est pas grave mais un ado, c'est pas comme ça. Un ado, c'est pas encore coupable de vivre. C'est un peu bizarre mais un ado, c'est plus assimilé aux enfants qu'aux adultes. Donc il y a l'État qui est là pour veiller un peu sur moi. Parce que tous mes oncles et mes tantes, après l'enterrement ils se referment comme des vieilles huîtres pour pas que je leur demande qu'ils s'occupent de moi. Le suicide à eux ça leur fout vraiment le cafard très fort. Moi j'ai rien à voir là-dedans, je suis pas suicidé du tout, mais quand même toujours ça me retombe dessus cette histoire.

De toute façon la solidarité dans ma famille ça m'arrange. Je les supporte pas personne. Et surtout, j'ai vraiment pas envie d'avoir encore quelqu'un sur mon dos. Mon rêve, c'est avoir juste mes problèmes, des tout petits si c'est possible. Le travailleur social qui s'occupe de mon cas, il comprend très bien mon cas. Il fait qu'on me donne une petite somme mensuelle. Chaque mois très fidèle je viens la chercher la somme. C'est un peu humiliant. Je préférerais que ça m'arrive par mon courrier. J'ai une adresse j'y dis au travailleur social. Mais aucune fois il comprend mes allusions très subtiles. J'ose pas y dire qu'il le poste donc le chèque abruti ! Mais je crois que cette façon de faire, c'est pour m'apprendre un truc. Par exemple de mendier. Faut qu'on me donne une conscience de classe. J'en ai pas de ça, ni classe ni conscience.

Tout ça cette grosse parenthèse, c'est juste pour qu'on comprenne bien que je suis toute sa famille à mon frère. Mais si on comprend pas bien, je répète : je suis toute sa famille à mon frère. Et de mon côté, lui c'est pareil pour moi.

J'en ai pas fini avec mon armée. Tout mon préambule, c'est juste parce que c'est ce même été-là qu'il se décide pour se marier mon frère. Il se décide pas tout seul, il y a sa femme qui va l'épouser elle aussi. Moi, il faut que je fasse le témoin et tout ça. Les mariages, c'est vrai que moi je m'en fous complètement de ça mais pour mon frère c'est très important pour lui. Il est comme ça on le changera pas.

Mais le véritable problème, c'est qu'une fois dans tout l'été, on a cette très grosse inspection qui est faite par le sergent qui est très fêlé de la tête comme j'ai déjà dit. On est tous en rang dehors avec toute notre belle panoplie et on attend chacun son tour pour y passer. Mais le sergent, c'est une sorte de maniaque. Il a l'armée comme une passion très folle. Si on y disait que nous l'armée on l'a dans le cul, il serait capable d'aller vérifier si c'est vrai.

Un autre détail qui est très important pour la compréhension : je l'ai pas dit encore mais j'ai le rhume des foins. C'est depuis à peu près que j'ai onze ans que j'ai ça. C'est en fait depuis que je suis complètement frustré sexuellement. Je comprends bien que c'est psychosomatique je le crois le docteur. Mais ça m'empêche pas du tout d'atchoumer tout le temps de savoir ça. Ça dure tout l'été. Les pollens, je peux pas supporter ça. C'est le sperme des fleurs cette chose dans l'air. C'est comme ça leurs relations sexuelles. Moi quand je respire ça, c'est sûr, à quelque part dans mon inconscient ça me rappelle que j'en touche pas une ou presque. J'atchoume pour oublier. Quand j'atchoume, je pense à rien d'autre. C'est très efficace.

Le sergent ce jour-là, il est très de mauvais poil. Il a l'air de chercher des puces. Je suis confiant, j'en ai pas. Mais quand il s'approche, je peux quand même pas m'empêcher d'être nerveux. Et tout d'un coup, j'envoie une de ces séries d'atchoumes que je sais même pas d'où je la sors. Et là, dans les rangs que personne bouge, ça fait vraiment un gros désordre mes allergies. Le sergent il en revient pas de mon audace. Il saute deux trois gars pour tout de suite venir me faire mon affaire. C'est parce que comme j'ai bougé en éternuant sans rien y demander, j'y salope complètement son autorité au sergent. Et ça, il aime vraiment pas ça qu'on fasse ça.

Les anglophones ils l'appellent *shit head* le sergent. C'est un nom qui veut dire que sa tête elle est faite avec de la merde on quelque chose ressemblant. Donc nous au début par rapport à ce nom, on l'appelle « tête de merde ». Mais ça, c'était juste le fameux réflexe québécois de la traduction littérale. Souvent ça nous fait nous croire plus français mais finalement c'est moins français. C'est parce que cette traduction littérale qui est comme un réflexe de survie, ça donne des trucs souvent pas très jolis. Ça introduit dans notre langue une sorte de pragmatisme qui lui tue beaucoup sa poésie. C'est pour ça qu'on finit par trouver beaucoup mieux. Entre nous la minorité francophone, on convient finalement de l'appeler : sergent Fécal. De cette manière, en utilisant astucieusement un adjectif, on arrivait à préserver le sens d'origine et à conserver en même temps tout le respect dû à son grade. Et le grade dans l'armée, c'est quelque chose qui est très important.

Il faut quand même admettre que « tête de merde », ça lui allait comme une merveille. C'était une race à part cet homme. Une sorte de WASP nazi. Un WASS, pour résumer. On aurait dit qu'il avait le cul à la place de la face. Il avait une haleine très puante et au lieu de parler, c'était comme s'il pétait très fort. Dans sa tête, on pouvait deviner qu'il y avait pas d'idées, c'était juste des flatulences. C'est des hommes comme lui qui avaient dû gazer le Vietnam. C'était comme une grosse leçon d'histoire notre sergent. Un homme que les caricatures rattrapent pas.

Donc je suis là, je bouge pas et il arrive vers moi. Je fais semblant de rien. J'essaie juste que ça se reproduise pas mes atchoumes. Lui il me fait tout le tour de moi en me cherchant quelque chose qui va pas. Je crois que je suis béton donc je m'inquiète pas vraiment. Mais en fait, comme lui il connaît très bien son boulot, on peut dire que je m'inquiète quand même. Tout d'un coup, il me prend ma carabine en me l'arrachant des mains comme ça se fait pas. Parce que nous dans l'armée, c'est notre meilleur ami de l'homme la carabine. D'ailleurs si on dit chien de fusil, je crois c'est ça la raison. Il la regarde de tout bord tout côté. Il a même des nouveaux trucs à lui avec un mouchoir blanc qu'il passe ici et là pour voir si ça ressort assez propre. Jusqu'à là tout va bien. Mais ça le met encore plus fâché et inquisiteur quand il veut trouver et qu'il trouve pas. Alors il enlève une pièce sur ma carabine qu'ils appellent en anglais le *pistol grip* et qu'on nous a pas appris le nom en français. J'ose pas trop traduire par moi-même. En tout cas cette pièce-là elle libère une sorte de ressort avec un long piston et c'est une pièce qui est très importante dans toute cette fine mécanique. Il faut y faire très attention à elle.

Moi j'avoue dans ma tête, j'ai complètement oublié de la nettoyer la pièce. En plus c'est même pas par paresse comme je fais pas les choses d'habitude. Mais comme elle se voit pas de l'extérieur, j'y ai juste pas repensé. Mais le sergent quand il ouvre ma carabine pour découvrir ça, c'est comme si enfin c'est son âme qu'il ouvrait. Il fait semblant comme s'il allait vomir pour qu'on comprenne bien. Il trouve ça vraiment dégueulasse mon *pistol grip*. Et puis là, les injures elles se mettent vraiment à pleuvoir. On dirait un Canadair qui me passe au-dessus juste pour moi.

Le sergent il prend le peloton comme un témoin que je suis vraiment un moins que rien. C'est incroyable à quel point je suis un soldat indigne. Je suis la honte de notre belle armée. Je me rends même pas compte en plus qu'en traitant ma carabine comme j'ai fait, elle pourrait se bloquer et du coup je pourrais même pu tuer Boris. C'est comme si je me foutais complètement de mettre en péril la vie de tous mes compagnons. Là, il a un peu raison. Je trouve que c'est vraiment une grosse bande de cons l'armée. Les soldats, on les met toujours en rang parce qu'il faut sérieusement en aligner pour faire un Q.I. à deux chiffres. Et là, à cause de ce que je dis, il faudrait pas croire que je crache dans la soupe. En fait la soupe je pisse dedans.

En tout cas, avec mon *pistol grip* tout crotté comme ça, elle est sérieusement compromise ma carrière dans les uniformes il me dit le sergent. Je vais pas faire les vieux os. Quand il finit par s'arrêter de gueuler, on est tous un peu surpris. Mais il a pas trop le choix il a pu de voix du tout. Il m'a tout envoyé dans mes oreilles. De toute façon, c'est pas trop grave parce que c'est les mêmes mots qu'il a pas arrêté de répéter encore et encore. Nous on est indulgent on l'excuse on sait qu'il en connaît pas beaucoup des mots le sergent. C'est pour ça qu'il hurle, pour que ça paraisse moins.

Il me dit ma punition. Les gardes de nuit c'est pour moi. Les toilettes c'est pour moi. Les planchers de la caserne n° 3 c'est pour moi. La permission de trois jours par contre c'est pas pour moi. Quand il me dit ça, je rase de pleurer comme un crocodile. Mais je pleure pas parce que nous les soldats on pleure pas, c'est comme ça. Cette permission, c'était déjà tout organisé pour aller au mariage de mon frère. Donc ça tombait très bien et là en quelques secondes, ça se met à tomber très mal.

À ce moment, j'avoue je perds un peu mon stoïque. Je vois pas sincèrement comment ça pourrait être pire. Mais le sergent il essaie de cogiter pour me montrer. On voit que ça marche pas fort son essai. Je dis pas c'est quoi son cerveau mais son crâne, ça tient plus du pot de chambre que de la tête. Moi j'ai pu rien à foutre de c'est quoi qui va arriver. Je suis trop déprimé à cause du mariage et que mon frère, ça va y briser son cœur que j'y aille pas. Ça tombe bien mon sentiment parce que ça fait déjà trop longtemps que je me retiens. Tant pis j'y vais que ça doit se dire à quelque part dans mon inconscient. Là je vois pas vraiment venir, je lâche un atchoume énorme un bien gras. Et surtout, tout va vite et j'ai même pas le temps pour mettre ma main comme ma mère m'a appris. Je sais que c'est pas poli mais vu l'état de mon *pistol grip*, je suis pas à ça près. Et puis devant moi, il y a personne à part le sergent qui se demande encore comment on fait pour cogiter.

Pour montrer à quel point il est paranoïaque cet homme, il pense que j'ai fait exprès pour l'engluer comme ça. En plus, je le soupçonne d'être comme le docteur et de penser que parce que c'est psychosomatique je peux m'arrêter quand je veux. Je voudrais bien y raconter l'histoire du sperme des plantes que ça fait depuis que j'ai onze ans que ça me perturbe de respirer ça. Mais sincèrement, je crois pas que ça peut l'intéresser même un peu. Pour lui, je fais ça juste pour embêter le monde alors il est carrément pas content. Il est tellement hors de lui qu'on dirait qu'ils sont deux.

Il me remet une tournée d'engueules pour marquer le coup mais vite il est pu capable de parler. Il fait des grands mouvements de bouche pour presque rien qui sort. Il a pu la voix. Nous on se retient tous pour pas rire en se mordant bien fort la langue ou en pensant à *Love Story* avec la fille qui meurt à la fin.

Quand il est bien rendu à l'évidence que sa voix c'est fini, le sergent il décide de lever notre réunion. En plus, il donne une punition à tout le peloton à cause de mon *pistol grip* qui est très sale. En fait, c'est juste pour que les autres me haïssent, c'est un truc militaire. Ils font toujours ça quand il y en a un qui va y goûter. C'est pour tuer la solidarité alors qu'ils nous font toujours croire d'habitude à quel point on est tous des amis et que c'est ça qui est très important.

Rompez les rangs il mime. Tout le monde rompt et peut s'en aller où c'était prévu qu'on aille (je me souviens pu c'est où). Tout le monde sauf moi peut y aller. Moi, il faut que je reste au garde-à-vous et que j'attende le sergent qui va revenir pour me chercher. Là, c'est naturel, je me dis qu'il va juste prendre une cuillerée de miel pour son soprano et que c'est l'affaire de cinq minutes.

Il me laisse là au milieu du gros parking tout en asphalte neuf fait exprès pour pratiquer nos belles parades. Moi j'attends j'attends. J'ai chaud j'ai chaud. C'est quand même le mois d'août vers le midi. Le problème surtout, c'est avec notre beau costume rouge comme à Buckingam Palace pareil. Il est pas vraiment fait pour l'été. Et en plus, mon gros bonnet en poils de cul d'ours il me chauffe la tête et me tombe sur les yeux.

Bon ! Je suis pas complètement une mauviette mais c'est plus de deux heures plus tard qu'il revient me chercher. Moi je sais pas précisément je regarde pas ma montre, je suis pas là je suis à l'hôpital.

Quand je me réveille, c'est un beau capitaine qui est là. Tout de suite, je viens pour y faire le grand jeu comme on fait pour saluer les officiers. Mais là très poli, il me dit d'arrêter avec mes conneries. Ce qui est drôle avec lui, c'est que c'est un anglophone de l'armée et pourtant il daigne parler français et même il fait ça très bien (mieux que moi). Il me dit qu'il aime beaucoup ça le français. On est donc très vite très potes. J'y raconte toute ma petite histoire de parking. Il me demande si ça va mieux maintenant. Je multiplie mes symptômes par trois ou quatre parce que finalement, je suis très bien couché là à l'air climatisé. Ce qui est très beau avec cet homme, militaire quand même, c'est que *pistol grip* ou pas *pistol grip*, il me juge pas du tout.

Il me dit que jusqu'à notre permission, je peux rester là pas de problème et après, je pourrai reprendre le service si je suis complètement rétabli. Parce que le problème il m'explique, avec une insolation comme j'ai eue, c'est qu'il faut pas se remettre au soleil. Alors je pense au mariage, c'est foutu si je reste là. Alors j'y dis que faut que j'y retourne : je suis un soldat mon capitaine !

Là il voit qu'il faut faire quelque chose. Il rit et il me dit qu'il faut pas que je m'inquiète avec le sergent. Lui il est capitaine et le sergent il est sergent il m'explique. Donc c'est lui le chef. C'est les officiers qui mènent dans l'armée, c'est très bien organisé. Il s'occupe de tout et moi je me repose, c'est ça le pacte.

Normalement je devrais pas quitter la base. Je me suis évanoui encore deux fois et mon bon capitaine, ça l'inquiète un peu. Tous les deux au début, on avait cru que j'exagérais sur mes symptômes mais en fait je suis vraiment malade. J'y rappelle quand même l'histoire de mon frère qui fait tellement pitié de m'avoir juste moi pour sa seule famille. Faut que j'y aille au mariage sinon c'est trop de tristesse. Il est orphelin lui aussi après tout.

Le capitaine il m'obtient avec l'aide d'un miracle une permission spéciale de 48 heures (parce que dans l'armée, ils savent pas que 48 heures, on appelle ça deux jours). J'ai dix-huit heures juste pour le trajet. C'est là que je commence à réfléchir et à m'admettre à moi-même que l'important c'est surtout d'aller retrouver la petite amie que j'ai en réserve à la maison. M'avouer des choses à moi-même, c'est là que ça commence dans ma vie. J'ai bien fait de pas la quitter avant de partir comme j'avais eu envie. Donc sous les couverts du petit frère attentionné, tout ce qui compte vraiment pour moi en fait, c'est aller fourrer Michèle.

Et d'ailleurs j'y vais. J'avouerais ça à personne mais c'est comme ça. En plus, Michèle elle est courbe et molle comme je les aime. Elle pourrait se taper plein de mecs et pourtant elle le fait pas je pense. Elle m'aime qu'elle dit tout le temps, en attendant que j'y dise moi aussi. Mais moi je trouve qu'elle est pas intelligente alors elle attend pour rien. Je la trouve pas intelligente et même des fois, elle dit des trucs et moi je trouve ça franchement con. Je la vois juste un peu et je la supporte pu. Son avantage, c'est que je l'ai sous la main. Je le sais qu'il faudrait pourtant pas que je la revoie sinon elle va se faire des idées qu'on va revenir ensemble. Mais comme je l'ai pas vue depuis un bout, j'ai vraiment envie d'aller la sauter. Mais elle me donne quand même des remords d'être toujours aussi gentille et de faire tout pour me faire plaisir. Elle m'aime trop cette fille j'aime pas ça.

C'est pas rare avec Michèle qu'elle me parle de l'avenir comme si dans ce temps-là on sera encore ensemble. On dirait qu'elle se doute pas que je la traite comme je la traite simplement parce que je veux tout le temps la quitter. On dirait qu'elle croit que je suis tout simplement pas sympa et que c'est comme ça que je suis naturel. Mais je la quitte pas parce qu'elle est trop gentille et que j'ai pas de courage. Le pire c'est quand elle me parle d'avoir des enfants, que c'est merveilleux et tout ! Des fois sincèrement, je pense que je rêve. Moi là-dessus, je serais plutôt genre Rousseau. Je pourrais très bien être père mais seulement d'enfants abandonnés. Je veux bien dire au monde entier comment faut faire pour élever un enfant mais jamais je voudrais faire ça moi-même. Juste l'idée de dire « j'ai un enfant » (presque : je possède un enfant, je possède quelqu'un d'autre), cette idée, je peux pas m'y faire. Pour moi, il y a absolument pas de bonne raison de vouloir un enfant. Quand on veut un enfant, c'est qu'il y a des choses dans sa vie qu'on ose pas regarder en face et pourtant il le faudrait. Mais Michèle elle, toujours elle me revient à la charge avec son merveilleux sur les enfants ! Des fois presque elle me convainc. C'est vrai je peux pas nier, voir mon regard mes airs mes traits chez un enfant, ça pourrait être très extraordinaire. Mais comment je pourrais oser espérer une seconde que l'enfant issu de ma chair arriverait à cohabiter pacifiquement avec l'autre qui l'habite en permanence ? Moi, c'est psychologiquement que je suis stérile.

Et puis avoir un enfant ça voudrait dire qu'un jour il faudrait y expliquer que oui, il y a des gens qui crèvent dans la rue mais que c'est parfaitement normal. Je saurais pas faire. En plus, peut-être ça serait nous qui crèvent dans la rue et là, ça serait encore plus dur d'y expliquer pour le normal. Je saurais encore moins faire.

Pour être sincère et pour résumer il faut que je dise donc : je voudrais avoir un enfant mais sans l'avoir. C'est peut-être bizarre mais c'est comme ça que je le sens. Je voudrais bien avoir un enfant mais pas complètement. Je voudrais avoir un enfant un peu. Donc pas. Parce que ces trucs-là c'est tout ou rien. Mais de toute façon, cette question elle est pas définitivement réglée dans ma tête. Ça reste un chantier cette question.

En tout cas Michèle elle, plus j'y dis non, plus elle

pense que j'y dis oui. Sur cette histoire d'avoir des enfants, elle discute qu'avec mon subconscient. Elle dit que je joue au dur comme ça mais qu'au fond, je suis papa dans l'âme. Moi j'y dis que pas du tout mais ça recommence.

Je crois que Michèle elle me sort toujours l'histoire des enfants que je meurs d'envie de y en faire pour s'expliquer à elle-même que je suis pas romantique avec. Et ici, il faut donner une définition : le romantisme, c'est tout ce qui fait croire à la femme que le but de l'homme, c'est pas de la baiser. Michèle elle me prend tout le temps pour un autre. Mais je suis pas un autre, c'est peut-être ça le problème. Les femmes elles sont assez étranges avec le sexe. On peut jamais vraiment leur dire la vérité sinon elles sont pas contentes. D'un autre côté, c'est vrai que dire à une belle inconnue qu'on a envie de coucher avec, c'est un peu comme dire à l'hiver qu'on a froid ; c'est inintéressant et trivial.

Je crois que l'homme il doit toujours garder dans son esprit que sexuellement parlant la femme est une conne. Sinon c'est impossible de comprendre. Si les hommes et les femmes avaient la même libido et que ça serait celle des femmes, ça fait pas de doute pour moi qu'on pourrait diviser le nombre de rapports sexuels dans le monde entier par au moins mille. Notre espèce s'éteindrait en moins de une ou deux générations déchirée par l'hystérie.

Leur libido est lente et molle et la nôtre dure et rapide. C'est très difficile de s'entendre et c'est nous qu'il faut s'adapter. Il y a une très belle fable là-dessus. C'est la fable du lièvre et de la tortue (qui est une histoire de cul en fait). Elle fait bien comprendre ce qui se passe. Lapin et lièvre, on connaît la réputation de ces petites bêtes. C'est l'homme dans l'histoire. La tortue avec sa carapace quasiment imprenable et sa vitesse très lente, c'est la femme, une sorte de forteresse. Et puis il y a la course. C'est pas le plus rapide qui gagne. Il faut s'y faire ou se résigner.

Dans le fond je les comprends les femmes de vouloir qu'on les aime. C'est bien leur seule garantie qu'elles ont qu'on essaie au moins un petit peu de les faire jouir. Parce que moi avec Michèle, je l'aimais pas et je jure je l'ai jamais fait jouir. Ou alors peut-être une ou deux petites fois, mais vraiment sans faire exprès.

Michèle je l'enfourchais toujours quand ça me prenait. J'y laissais pas trop le temps de réfléchir ou de dire non. Je la pinais. Elle se laissait tout le temps faire, je sais pas trop pourquoi. Je crois pas que c'était fondamentalement désagréable. D'ailleurs c'est pas vraiment qu'elle aimait pas ça, mais ce qu'elle aurait aimé c'était pas vraiment ça.

Une fois ressorti d'elle, fallait toujours que je plonge dans un livre, dans le sommeil, dans du chocolat, dans n'importe quoi pour me sortir de son attente de tendresse. J'aurais tout donné dans ces fois-là pour retourner dans ces temps bénis d'avant la pomme, alors que le viol était pas encore défendu et que donc on pouvait se sauver. Tout pour y retourner tant elle me coûtait la moindre caresse, la moindre étreinte, une fois purgé.

Heureusement, là on couche et je suis complètement pressé à cause de ma permission spéciale de mariage. J'y gicle dedans et je me rhabille illico. Il y en a même pas pour quatre minutes en tout. On a même pas le temps de jouer au fameux jeu de trouver des prénoms si c'est une fille ou un garçon. J'y dis que je peux pas dormir là parce que je suis venu pour le mariage de mon frère, quand même ! Et qu'il reste plein de trucs à régler. Elle comprend très bien, elle m'en veut pas. Pourtant elle le sait bien qu'il y a aucun truc à régler et que s'il y en avait, je serais pas du tout la personne pour ça. Elle me tue cette fille de toujours me comprendre comme elle le fait. Je préférerais beaucoup partir avec une bonne engueulade qu'avec tous mes remords. Mais c'est pas comme ça nous. C'est très injuste parce que je voudrais tellement pas y faire de la peine et pourtant j'y fais que ça juste.

Elle me rejoint pour le mariage. Elle s'est faite toute belle. J'y dis surtout pas. J'ai toujours peur qu'elle m'aime encore plus trop. Mais ça change rien, elle me dit que je suis beau et elle m'aime encore plus trop quand même. Je sais jamais comment m'en sortir avec cette fille. En plus, mon frère il l'adore. En plus, tout le monde l'adore. Faudrait tellement que j'ai du courage une fois pour toutes. Mais quand je fouille dans moi, j'en trouve pas nulle part du courage. Je suis lâche de partout. Dans les westerns, je tirerais dans le dos.

Pour les Français, « lâche » ça signifie essentiellement couard. Pour les Québécois par contre, « lâche » ça fait plutôt référence à paresseux. Moi comme je suis absolument les deux dans des proportions à peu près pareilles, je suis parfaitement à l'aise dans ce mot « lâche ». Mais si on réfléchit un peu, on voit bien que c'est pas un hasard ces deux concepts de couard et de paresseux qui se retrouvent ensemble dans le même mot. La couardise et la paresse, elles ont un gros point qui est en commun : toutes les deux, elles maintiennent en deçà de l'action. Par couardise ou par paresse, le lâche il agit pas. C'est parfaitement moi.

Mon frère il se tient pu de joie que je sois là à son mariage alors que j'ai failli même pas venir. Il me présente à tout le monde ; même ça arrive, deux fois aux mêmes personnes. Il est tellement fier de moi mon frère, avec mes études d'ingénieur et tout. Moi je joue le jeu que je suis quelqu'un de bien, et poli avec ça. Je joue le jeu de quelqu'un qui va sûrement réussir dans la vie. Et mon frère il me présente encore et encore. Il dit aussi à tout le monde à quel point je fais un beau couple avec Michèle et que la prochaine noce c'est pour nous. Et ouarf, ouarf, ouarf avec des grosses claques dans mon dos.

Et là c'est le temps de passer aux choses sérieuses du mariage. Mais ça devient choquant très vite ces choses sérieuses. On se place tous bien comme il faut et le curé il commence sa cérémonie. Il a décidé de faire une autre sorte de mariage que d'habitude. C'est parce que mon frère il a avoué que Dieu c'était pas trop son fort et qu'il croyait pas grand-chose là-dedans. Le curé, on dirait ça l'a choqué que mon frère parle honnête. Du coup, ce maudit curé il a même pas daigné mettre son kimono. Il est en cravate très mal choisie qu'on dirait un agent d'assurance ou quelqu'un qu'a rien à faire là. Il y a pu rien qui va. Mon frère il est dans tous ses états le pauvre. Tout le monde y fait des reproches, il sait même pu où se mettre. Ça finit qu'il se fait engueuler terrible par les beaux-parents. Eux ils sont à l'ancienne. Les miracles l'Arche de Noé ils gobent tout. Un mariage comme ça, ils veulent même pas en entendre parler. Aux yeux de Dieu c'est nul tout ça ils disent. En plus, ça porte malheur c'est sûr et c'est pas bien. Comme tout ce qui est pas pareil comme dans le temps et que c'était tellement mieux dans ce temps-là.

Là moi je me mords un peu la langue. S'ils savaient que leur fille est enceinte de presque trois mois et que c'est pour ça le mariage si vite.

Rassurez-vous pour votre ciel, il y a bien une vie après la mort, une vie trépidante : celle de milliers de vers. Moi, c'est une chose que je sais.

Bon ! On finit par trouver une sorte de solution qu'on va faire en plus un mariage civil au palais de justice. Ils tiquent un peu les beaux-parents mais il y a pas le choix et tout le monde promet de dire plein de chapelets. Moi je sais même pas les faire et j'en promets des douzaines quand même. C'est pour mon frère je l'aime beaucoup.

Mais c'est quand même un sacré gros con ce prêtre. D'ailleurs j'ai très bien fait d'y dire.

En attendant que les choses soient réglées pour de vrai, ils s'opposent carrément que leur fille quitte la maison pour aller vivre dans le nuptial. Alors mon frère il est pas dans la merde ! Ma belle-sœur, c'est supposé qu'elle est complètement vierge. Les beaux-parents ils y ont cru déjà une fois au coup de la vierge qui a un bébé, c'est sûr ça marchera pas deux. En plus, au palais de justice, ils peuvent pas les marier avant encore un autre deux mois.

Mon frère il retourne à l'église, il va au palais de justice, il va partout il essaie tout. Il est prêt à tout pour cette fille mon frère. Mais il y a rien qui marche. C'est pas décidé comme il veut son destin.

Le Québec c'est quand même pas l'Irlande. Elle aurait très bien pu se faire avorter dans les cliniques comme tout le monde. Non il a fallu qu'elle fasse l'originale. Pas question de rien d'officiel à cause des soupçons, pour pas les éveiller. En plus, ça se passe en plein dans les débuts de la guerre contre l'avortement. Il y a des commandos qui viennent s'enchaîner aux lits des patientes. Il y a aussi d'autres qui ont jamais péché et qui lancent la première pierre dans les fenêtres des cliniques... Moi, ces gens-là qui font ça, ils me font devenir tout nazi. Il y a rien que je leur ferais pas je pense. Mais le résultat, c'est juste ma belle-sœur qui a une super-pétoche.

Elle se fait faire son affaire à l'ancienne par une fausse sage femme, une Chinoise ou quoi. C'est toute une portée qu'elle enlève, avec les ovaires les trompes et même un bout de l'intestin grêle, tout ce qui dépasse crac! Elle rase d'y rester. Heureusement qu'il y a l'hôpital.

Mon frère, son rêve c'était juste d'avoir une famille. Parce que la nôtre, ça en était pas une. Et ça lui a toujours manqué à lui. En plus, mon frère il l'aime vraiment cette fille. C'est pas question de la quitter. Il est de la vieille école mon frère, premier de classe d'ailleurs. Il en a vraiment marre, pardessus le bol. Mais il dit rien, il est juste triste. Il a un gros trou dans son cœur, là où on dessine la flèche d'habitude.

Toutes ces histoires d'avortement, c'est bien trop compliqué pour le pauvre monde. Avoir un enfant, c'est une envie qu'il faut savoir y résister. Et puis si on se tenait les coudes et qu'on résistait tous ensemble un petit cent ans, tous nos problèmes serait réglés. Sans violence. Et de toute façon, il paraît que l'avortement ça sert à rien. J'ai entendu dire que certaines personnes envoyaient tout simplement le bébé avec l'eau du bain. Folie humaine!

Quand je rentre dans ma belle caserne chérie, je suis quasiment content à cause de mon trop-plein d'émotion. Heureusement qu'il y a la marche militaire qui existe. Mon régiment, comme on est là pour faire des parades, on est des véritables spécialistes dans ça la marche. En plus, on a la grosse compétition annuelle de marche militaire pour la semaine prochaine. Il faut des volontaires pour faire ça parce que c'est en plus de nos heures normales de bureau. Moi je crois qu'il faut vraiment que je me sente absorbé par quelque chose. Je suis trop vide. Et là je vois ma main qui est en l'air, je suis volontaire. J'en reviens pas. Mais c'est bien elle, il y a pas de doute, je reconnais ma montre qui est dessus.

Avant d'être dans l'armée, j'avais entendu toutes sortes de bêtises à son sujet. Tout le monde ou presque y est allé de son couplet pour dire à quel point c'est une activité dégradante. Moi je m'attendais vraiment à une corvée épouvantable. Pourtant, l'essayer c'est l'adopter. Je me mets vite à adorer ça la marche militaire. C'est notre beau sport d'équipe dans l'armée. On se lève le matin très tôt mais finalement c'est pas tellement grave quand c'est pour aller apprendre des nouveaux pas très jolis comme on fait. J'adore être heureux.

Dans l'équipe de compétition pour la semaine prochaine, on est vingt dedans. Il y en a trois ou quatre, c'est vraiment des glands. Surtout Johnson. Il pige pas du tout le truc cet abruti. À cause de lui, il faut souvent qu'on recommence alors que tous les autres, on pourrait passer à autre chose. Le sergent Fécal il l'engueule pas trop parce qu'on est des volontaires, quand même ! Le sergent d'ailleurs, on se réconcilie un peu nous deux. C'est vraiment un prince de la marche le sergent. Il est royal là-dedans. Il a la passion ça se voit et ça, ça me parle quelque part. Quand je le regarde faire la marche militaire, je me dis que c'est quand même quelqu'un cet homme. Mais Johnson il nous fait vraiment perdre notre temps. Il arrive jamais à trouver son maudit étui à baïonnette du premier coup. Il fait toujours son petit clic ! juste après nous autres. Donc c'est raté et ça nous gâche tout. On peut pas gagner avec une burne comme lui dans notre équipe c'est sûr. Il faut être tous au même unisson, sinon c'est même pas la peine.

J'ai dit qu'on était vingt dans l'équipe, mais heureusement il y a seulement dix-huit qui vont faire la compétition de la semaine prochaine. Il y a deux qui seront des réservistes. On est donc sauvé pour Johnson. Il nous use assez les nerfs mais il va nous attendre sur le banc. Surtout qu'il y a cet autre régiment de Toronto qui vient faire la compétition. On les a déjà vu marcher. Ils sont très très bons. On se lasse pas de les regarder. Ils font le truc de la baïonette tous bien tous en même temps. C'est chouette.

Le jour I (la veille du jour J), Fécal il nous fait l'annonce officielle de c'est qui les réservistes. C'est mon bon pote Paul et moi. Moi je suis pas le meilleur mais pas loin. J'ai pas de mérite, quand j'aime quelque chose je me défonce et souvent ça fait des fruits. Je dis que je suis pas le meilleur parce que justement, c'est mon bon pote Paul qui l'est. Tout le monde se fie sur lui pour le tempo. Il est placé au milieu du rang exprès pour ça que les autres se fient tous sur lui. Sans lui et avec cet éclopé de Johnson, je vois sincèrement pas comment ils pourraient gagner. Je devrais fermer ma gueule, même si on est volontaire, on est quand même dans l'armée. Mais à la dissolution des rangs, je coince le caporal pour qu'il m'explique des explications. Il me dit qu'il y a pas de honte d'être un réserviste. Et ta mère j'y dis. C'est vraiment un con lui. Je le cuisine un peu et puis il me dit tout. C'est décidé comme ça parce que moi et Paul on a pas assez l'esprit de l'armée du Canada. C'est vrai qu'on est les deux seuls à oser répondre en français quelques fois assez rares. Le français, c'est la langue que je me parle, je peux pas renoncer à ça. Mais en plus apparemment, on est les deux seuls à montrer ouvertement qu'on est indépendantistes. Je sais pas comment on fait pour montrer ça ouvertement mais ça fait des doutes pour personne.

Le lendemain, Johnson le manchot il fait tomber sa baïonnette, devant tout le monde.

Elles ont toujours été devant et moi j'ai toujours été derrière. Je sais ce que ça veut dire poursuivre ses études.

Avec tous mes soucis de l'armée cet été-là, ça finit que j'envoie ma demande pour les prêts et bourses en retard. Et au Ministère, ils aiment vraiment pas ça qu'on fasse ça. Il faut que je fasse une demande de révision de statut ou je sais pas quoi. Je la fais comme on me dit. Mais ça prend quatre gros mois avant que je sois pardonné à cause du retard. Je trouve que c'est très sévère parce que en attendant mes petites économies elles sont pas grosses. Pour dire, c'est la première fois de la vie que j'ai faim.

Au début, je crois que je voulais devenir ingénieur pour faire plaisir à ma mère. Ingénieur elle voyait pas plus haut. Elle avait toujours rêvé à ça pour mon frère. Elle avait toujours rêvé de nous voir produire de la belle richesse industrielle. Donc je grandis dans cette idée qu'elle serait complètement fière de moi si j'arrivais à faire ça à la place de mon frère, si j'arrivais un jour à faire quelque chose dans le PNB.

Ingénieur, mon frère il arrive pas du tout à faire son chemin là-dedans. C'est à cause des maths il dit. C'est trop dur tous ces chiffres. Alors moi je reprends la relève du flambeau comme naturel. De toute façon, quand il faut que je décide ça, j'ai dix-huit ans et je sais vraiment pas quoi d'autre foutre. En plus certainement, je fais ça à cause du plus d'amour que ma mère elle avait pour mon frère et pas pour moi. Même quand on vieillit, ça s'arrange toujours pas cette affaire. J'ai beau me dire que c'est pas grave, c'est grave quand même. Je peux jamais comprendre ce que j'y ai fait à ma mère pour pas qu'elle m'aime comme ça.

C'est pas réellement qu'elle voulait qu'il devienne ingénieur mon frère. Ce qu'elle voulait, c'était une façon pour qu'on prenne une sorte de revanche sur notre condition sociale qui était vraiment pas fameuse. Elle voulait qu'on monte par mon frère, tous sur son dos. Une famille défavorisée monoparentale avec un ingénieur dedans, c'est beaucoup mieux que la même famille sans l'ingénieur. Qu'elle soit capable d'engendrer un ingénieur, ça lui prouvait ses bons gènes à ma mère.

Donc ma mère, c'est il y a pas de doute le point de départ de ma volonté de devenir ingénieur. Mais ça explique pas tout le fait que je voulais y faire plaisir. ça explique pas tout pour une bonne raison : quand je rentre à Polytechnique de Montréal, ça fait déjà cinq ans qu'elle est morte ma mère. Et sa gloire posthume, c'est pas le truc qui m'empêche le plus de dormir.

Mais comprendre, j'ai toujours été obsédé par ça. Donc je cherche la vraie raison de ma volonté d'ingénieur. Finalement je pense que ça a pas grand-chose à voir avec ma mère. Parce que la vraie question à poser, c'est : pourquoi c'est précisément ingénieur qui y aurait fait tant plaisir et pas autre chose ?

C'est peut-être un peu fort de dire ça, mais je pense que c'est avant tout une histoire de nation. Je suis pas issu d'un milieu qui a ses propres idées sur la vie.

La race, c'est quand la géographie saute sur l'apparence. La nation par contre, c'est quand la géographie saute dans la tête.

Ma génération on est pas pareil que nos grands-parents. C'est pour une raison qui est simple : dans leur temps, elle était pas née encore notre nation. Les Canadiens, c'est un peu nos Gaulois en quelque sorte.

L'homme échappe pas à la nature autour de lui. Au climat non plus. Au-delà du paronyme, il y a une relation très forte entre température et tempérament. Ils nous parlent ces deux mots par leur ressemblance.

L'immigrant français en Canada, depuis quatre siècles, il a jamais arrêté de se castoriser. La différence entre le Canadien et le Québécois dans notre nation, dans notre esprit, c'est une histoire d'évolution vers le castor, une histoire d'adaptation à notre climat. Le Canadien, c'est le bûcheron. Le Québécois lui, c'est l'ingénieur. Le premier il abat les arbres. Le deuxième il construit des barrages avec. Le Canadien, c'est un castor qui a pas encore exprimé toutes ses possibilités. (Tout ce que je dis ici, ça vaut évidemment juste pour notre côté.)

René Lévesque, c'est le premier dans notre histoire à avoir compris ce qui germait dans l'esprit québécois. Tout de suite quand il peut, son premier dossier, c'est la nationalisation de l'électricité. Il commence par ça, c'est pas du tout un hasard. C'est écrit en nous pour ceux qui savent lire. Ce qu'il veut, c'est nous donner la possibilité de nous construire des barrages. Tout coule de là. C'était pas possible avant.

C'est donc de là qu'elle vient ma volonté d'ingénieur : du castor. Tout naturellement.

Ça arrive un moment j'ai vraiment pu de sous. J'en peux carrément pu de manger des nouilles au beurre avec de la margarine à la place. C'est là que je tombe sur cette annonce qui est très providentielle au centre d'emplois de l'Université. C'est un institut médical qui recherche des jeunes hommes de sexe masculin en bonne condition physique. C'est pour des tests de je sais pas quoi. Logé nourri et bonne rémunération.

J'arrache le papier tout de suite après que j'ai lu. C'est pour pas que les autres ils soient au courant aussi du tuyau. Il faut qu'ils me prennent moi dans leur institut, je suis trop dans la merde avec mes nouilles à la margarine. Sur le coup, c'est vrai que je pense à rien mais aujourd'hui, je conçois assez que c'est pas correct de faire comme ça.

Je cours là-bas. On me dit à l'entrée d'attendre dans une salle avec la télévision. Elle marche pas j'ose pas l'allumer. On est deux dans cette salle. Avec l'autre, c'est pas très long qu'on se parle et qu'on se trouve très sympa.

Il entend que j'éternue plusieurs fois. Il me dit qu'il

faut pas parler de ça si j'ai des allergies. Ils me prendront pas sinon. Il me dit que lui aussi il a des allergies je pense comprendre. Mais comme ça se calme pas mes atchoumes, il sort un petit vaporisateur de dans sa poche. Il parle pas assez français pour que je comprenne tout mais je vois que c'est pas un produit qu'on trouve dans le commerce. Il y a pas d'étiquette rien. Si je comprends, c'est un truc fait maison par son frère qui est pharmacien ou très gentil. Après juste deux pschits dans mon nez, je suis un nouvel homme. En un rien de temps, c'est fini ma crise. Thank you, thank you, j'y fais. J'ai envie de sauter partout.

Là il me dit son nom. C'est FM, comme la radio il dit. C'est très drôle ce nom-là de s'appeler comme ça je pense. Mais j'y dis pas. Je fais exactement comme s'il s'appelait Raymond ou Jean-Paul. Il me dit que ça paye très bien ici. Il me dit aussi qu'il a personnellement besoin d'argent pour la Jamaïque. Moi je trouve, c'est une très noble cause. Après c'est mon tour que j'y raconte tout.

Un peu plus tard, on vient nous chercher chacun son tour. J'arrive dans un petit cabinet de médecin style pour femme enceinte avec le spécial pour ça. Je fais la connaissance avec le docteur Belœil. Il est drôle et aimable comme un douanier. Il fait pas longtemps des cérémonies et on y va pour les tests qu'on est là pour ça. Le sang, l'urine, la tension... ça arrête pas. Ensuite il me demande de me déshabiller. Je fais tout exactement comme il me dit. Puis après, je me tourne vers lui. Là il m'empoigne le sac et il me dit de tousser. Juste avant de le faire, j'ai bien le temps de me dire qu'il faut sacrément avoir besoin d'argent pour être là.

Lui il s'en fout complètement il continue à me tâter tout comme il faut. Ensuite il me demande des infos que j'ai pas sur ce qu'il appelle non sans délicatesse, mon anomalie testiculaire. Je réponds n'importe quoi parce que ça me gêne trop ce sujet. Il arrête avec son tact scientifique comme ils sont toujours d'habitude ces gens-là et il me demande avec une façon assez crue si mon testicule droit a toujours été moitié moins gros que mon gauche. Là moi j'en reviens pas de voir comme ça que ce mot testicule il est masculin. Chez nous on avait toujours dit « une », alors j'ai de quoi être surpris. Donc je m'informe pour savoir s'il est sûr de ça qu'il dit. Mais c'est pas vraiment le temps pour ça on dirait. Il me répond même pas, comme un malpoli. Il y a encore un truc qui le chipote dans mes parties. Il dit que j'ai peut-être un kyste sur l'épididyme. Étant donné le piteux état de mon testicule, j'ose une petite plaisanterie sur son peut-être. Parce qu'il faut bien l'avouer il est pas très beau à voir ce testicule, heureusement que je le porte pas sur une joue. Mais encore une fois, il me trouve même pas drôle. Il dit que j'ai un kyste c'est sûr mais que c'est peut-être pas exactement sur l'épididyme. Faudrait le montrer à un médecin qui s'occupe de ça les roubignoles. Il rajoute que ça a rien de particulièrement amusant d'être stérile. Là je trouve qu'il prend ça bizarrement à cœur. Elle est quand même pas à lui cette maudite couille.

Au fond, c'est quand même lui qui a raison. Je sais bien que je suis pas tout à fait normal du scrotum. Mais mon kyste, je veux comme le garder. Déjà qu'il est pas gros mon testicule, si on m'enlevait le kyste qui est dedans ça ferait encore plus petit.

(Et aussi, il y a un truc que j'ai pas raconté quand c'était le temps et je vais le raconter maintenant même si c'est pu le temps. Dans l'armée, on prenait les douches tout le monde ensemble. Moi je savais pas que ça se voyait tant que ça ma couille. Et je savais pas non plus que les autres me regardaient là très précis. Et puis un jour, il y en a un, je le traite de con parce qu'il est vraiment con. Alors il me répond que je suis un infirme des couilles et que ça c'est bien pire que tout pour un homme et que donc vu mon état, je peux pas du tout le traiter de con. Et les autres qui écoutent ils se mettent aussi à se moquer de mes couilles tous ensemble. Moi je suis bloqué je sais pu quoi dire ou quoi répondre maintenant que je fais pu partie des hommes. À la limite, je crois même qu'ils ont raison. J'aime pas être tout seul dans mon camp comme ça. Excusez-moi pour ma couille les gars!)

Et puis il y a aussi autre chose pourquoi je vais pas chez un médecin spécialiste pour y montrer mon problème. J'ai un peu la trouille. Si j'y allais et qu'il me disais que j'ai une maladie très grave, je suis sûr que j'en mourrais.

Mon examen complet par le docteur Belœil, ça se termine avec une petite séance sur le matelas. Il me fait coucher sur mon dos, les pieds là où c'est fait pour les femmes enceintes qu'elles se fatiguent pas. Là vraiment je crois j'ai très besoin d'argent. C'est visible.

Pendant que le docteur il enfile une sorte de capote digitale sur son plus gros doigt, celui plus gros après le pouce, je me fais un peu du souci pour ce qui vient après. Je vais pour poser une question à cent mille dollars mais juste en même temps, il me plonge son doigt tout couvert dans le cul et ça m'en bouche un coin. Mais c'est pas tout de faire ça, il arrête pas de bouger l'extrémité de son gros doigt comme si il avait perdu quelque chose et qu'il le cherchait là. C'est un peu surprenant mais en fait c'est pas du tout désagréable. C'est qu'il fait ça très bien mettre le doigt dans le cul le docteur.

Plus tard, dans la salle avec la télévision qui marche pas, on vient me dire que je fais l'affaire. La paye c'est dans les quatre cents dollars par semaine. L'expérience c'est pour mesurer l'effet diurétique d'un nouveau médicament du cancer.

On appelle cet endroit de nous la pomme d'Adam. La raison c'est parce qu'Adam était un homme et que seulement celle des hommes sort comme ça un peu de la gorge quand on avale quelque chose (ou même certains ils avalent rien et elle sort quand même). Quand les femmes avalent, il y a rien qui sort. Au pire quand on sait pas ça, on a un peu l'air fou devant ceux qui voient qu'on le savait pas. Les gens se moquent tout le temps de l'ignorance alors que c'est même pas drôle.

Mais il y a pire. C'est même pas depuis une semaine que je suis dans l'institut et j'apprends une chose incroyable comme quoi j'ai une prostate. J'apprends aussi que seulement les hommes en ont de ça. Mais ça c'est encore rien. Non seulement j'ai une prostate qu'on dirait l'autre qui faisait de la prose sans s'en rendre compte mais en plus, ça se permet d'attraper le cancer une prostate. Voyez ça, je la connais pas depuis une semaine et elle m'attrape le cancer cette salope. Je fais pourtant tout ce que je peux pour me tenir au courant de ce qui se passe, n'empêche souvent le monde me dépasse.

On est tous les deux avec FM dans la même chambre. Il a toujours son sourire complice et son petit vaporisateur maison très complice lui aussi. Je suis content d'être avec lui. On se parle pas beaucoup mais on s'aime bien. Il essaie de m'apprendre à jouer aux échecs mais moi je comprends vraiment rien dans ce jeu. Quand il en a marre qu'il m'explique depuis une heure et puis que ça donne rien, il me dit qu'à la place on va jouer en équipe et que je comprendrai. Donc on joue les blancs et après on tourne le jeu de bord pour jouer les autres. Il déplace une pièce et là il me regarde pour savoir si je suis d'accord qu'on fasse ça. Moi je fais un signe que oui avec la tête parce que j'y fais entièrement confiance. Et de toute façon, on est sûr de gagner comme on joue avec les deux côtés. Quand c'est fini (je me rends pas souvent compte tout seul mais il m'avertit l'air de rien très gentil), on se félicite que c'était vraiment une belle partie. Et c'est moi qui note sur un papier le nombre de victoires pour les blancs et pour les noirs. On a rien d'autre que ça à faire de jouer aux échecs.

FM il me dit qu'on est juste les deux sur l'expérience. On nous a donné des noms de code. Parce que c'est très sérieux toute cette affaire. Lui il s'appelle C-1 et moi je m'appelle C-2. Le C, il dit que ça veut dire le mot cobaye. Les rats dans le laboratoire du fond ils s'appellent pareil. C'est une sorte de règle interne dans l'institut.

De toute ma vie jamais je pisse autant que là. Je savais pas que diurétique c'était faire pipi. Les infirmières elles arrêtent pas de nous faire boire pour pas qu'on se déshydrate. Nous on pisse en véritables hectos on arrête pas. On prend nos maudites pilules à toutes les quatre heures. Même la nuit, on nous réveille pour faire ça dans les temps. Mais elles sont vraiment dégueulasses les pilules. Celles les nouvelles, plus petites et moins mauvaises, elles sont pas encore arrivées du laboratoire. C'est encore les rats qui sont dessus. Et tant qu'ils donnent pas leur O.K. les rats, on reste avec les pilules prototypes grosses et vraiment dégueulasses.

Moi qui suis habitué à des longues nuits avec des rêves longs aussi, on arrête pas de me réveiller et de me couper. J'ai juste le temps pour des courts métrages. Chaque nuit presque, c'est *l'Arroseur arrosé,* rêve de cinéphile.

Au quatrième jour de la phase-2 (ça veut dire la deuxième semaine tout simplement), il y a un truc qui est très bizarre et qui se passe. L'infirmière elle vient pour me donner mes pilules et elle crie quasiment quand elle me voit. Je suis devenu tout violet. Quand le docteur qui est de garde il me voit, c'est la grosse alerte. Je suis transféré dans une autre salle avec des appareils comme si c'était grave ma couleur. Moi je m'inquiète pas tellement je me sens exactement comme d'habitude. On me fait deux grosses piqûres que je me les rappelle encore très bien et aussi une perfusion pendant des heures.

Le lendemain, le docteur Belœil il est sérieusement pas content. Ça chauffe. Il me demande si j'ai la plus petite idée de l'importance et du coût des recherches de l'institut. Moi là-dessus, je suis très franc j'y dis que oui. La plus petite idée, c'est sûr que c'est moi qui l'ai. Il y a pas de doute.

Mais sa colère, ça devient deux fois plus, comme si j'avais dit une bêtise ou quelque chose. Il devient tout rouge. Du coup, il faudrait lui faire les fameuses grosses piqûres qui règlent les problèmes des couleurs. Mais il finit par se calmer un peu. Alors il enchaîne avec son couplet sur les recherches qu'elles sont fondamentales pour les progrès dans la médecine et patati et patata.

Mais moi sincèrement qu'est-ce que j'en ai à foutre de la médecine ? C'est qu'un canular la médecine je pense. Même pas capable de guérir un rhume cette conne.

Comme il s'écoute beaucoup parler et qu'il aime assez tout ça qu'il entend, il se calme pas mal. Il me demande pourquoi j'y ai caché mes allergies. On peut pas tricher avec la science il fait. C'est nous les plus forts... Je me démonte pas et j'y demande si de son côté il trouve ça normal les effets secondaires qu'on avertit personne de ça. Quand il remonte le ton, j'y dis qu'en sortant je vais tout droit aller me plaindre aux autorités compétentes. Là évidemment je bluffe assez parce que je sais même pas s'il y a des autorités qui sont compétentes là-dedans. Mais ça le relance dans sa colère de cinq minutes avant et il se met à m'engueuler à cause de mes urines pas fiables et que je toucherai pas un sou... J'ai juste le temps d'y piquer son stéthoscope pendant qu'il regarde pas et il me fait jeter dehors. J'en ai rien à faire de ce truc que j'y vole mais c'est juste pour montrer que je me laisse pas faire.

Sur le départ, je passe pour saluer FM en cachette. Il a appris ce qui m'est arrivé et ça le rend hilare. Ou je suis pas vraiment sûr que c'est ça qui le rende hilare parce qu'il est hilare de son naturel presque tout le temps. Il est quelqu'un qui rit beaucoup. Mais il rit peut-être encore plus là parce qu'il a les mêmes allergies que moi à peu près. Alors forcément, il a les urines pas fiables lui non plus. Il doit donc être violet lui aussi mais comme il est un Noir FM, ça se voit beaucoup moins.

Il promet qu'il va m'envoyer une carte postale de la Jamaïque. On se serre la main et jamais je l'ai reçue sa carte. J'espère qu'il y est rien arrivé en tout cas. Mais quand même je peux pas m'empêcher de craindre le pire donc un suicide.

Donc j'en reviens à ma case départ avec nouilles margarine. C'est pas la joie. En plus, pour mon loyer ils arrêtent pas de m'envoyer toutes sortes de courrier pas tellement aimables et presque avec des menaces dedans. Je sais pu quoi faire au juste pour l'argent. Je comprends pas pourquoi faut toujours en avoir et pourtant que personne veut nous en donner. C'est vraiment un désespoir ma situation.

On nous radote tout le temps qu'on est responsable de tout, tout le monde. Comme si c'était notre faute la couche d'ozone et les couches jetables. Moi je suis né il fallait payer pour manger, j'ai rien à voir là-dedans mais j'ai peur de mourir et qu'il faille encore faire comme ça.

Je peux pas dire que je suis quelqu'un qui est triste ou avec mélancolie. Les autres peuvent pas le dire non plus d'ailleurs. En fait je suis malheureux en dilettante. J'ai pas de talent pour ça particulier. La plupart du temps ça va. Mais ça arrive des fois, je suis vide. Il y en a ils se plaignent de pas avoir de futur. Moi quand je suis vide j'ai pas de présent. Donc ces fois-là, j'ai un désespoir qui est très gros et très désespéré. Pour opposer quelque chose à mon désespoir qui me défie comme un colosse, tout ce que je trouve c'est la mort. Parce qu'il y a que ça que je connais qui est immense et qui recouvre tout. Rien fait peur à la mort.

Le suicide en fait j'y pense tout le temps mais pourtant je me suicide jamais. C'est comme ça.

J'ai beau me dire qu'il est pas question de faire un suicide pour une question d'argent très vulgaire. Plutôt pour tout que pour ça. Mais quand même le manque d'argent et la perspective de pas m'en sortir, ça me rend vraiment la vie pesante. En plus moi j'ai déjà connu ça la misère et je sais que j'aime vraiment pas ça. J'aimerais mieux passer mon tour.

Quatre heures du matin il est, et je suis dans la rue parce que je suis sorti très tard et que je suis pas encore rentré. J'attends l'autobus de la nuit. C'est en plein celui qui passe pas souvent et qui va pas exactement où on va. C'est un peu difficile à raconter ça qui se passe après.

Il y a un chauffeur de taxi qui s'arrête et qui m'offre de me ramener gratis. Il y a pas beaucoup de boulot ce soir il dit. Je crois qu'il fait ça parce qu'il est très gentil. Ou alors il le fait parce que à quelque part ça se voit que feu mon père était lui aussi chauffeur de taxi et que c'est des services qu'ils se rendent entre eux de se ramener les enfants les uns des autres. Mais ça c'est moi tout craché que je me fais des idées sur l'humanité quand je suis dans la merde.

Finalement c'est pas long qu'il me demande comment elle est l'éducation sexuelle qu'on nous donne dans nos écoles modernes qu'avant c'était très différent. Lui il est homo et ça y a pris très longtemps pour enfin assumer. Moi je trouve, pas encore assez longtemps. Il continue avec du baratin que je vois très bien là où il veut y aller. C'est de la pute qu'il cherche. Du coup je fais celui qui est au courant des tarifs alors que pas du tout évidemment. C'est deux cents j'y dis. Je pense à cette quantité de dollars (des dollars du Canada) parce que je me dis que c'est pas bien cette proposition. Ensuite ça me fait penser à la prison comme un crime. Et quand on jouait au Monopoly quand on était petit, on pouvait pas passer par la case GO pour demander nos deux cents dollars. C'est tout ça mon cheminement. J'explique tout ça mais en réalité, je sais jamais vraiment pourquoi je pense à quelque chose à n'importe quel moment.

Il essaie de me négocier mon prix en conduisant. Moi j'y dis qu'on est pas aux puces ici. J'ai pas l'air de plaisanter alors il voit que je plaisante pas. Il rechigne un peu mais c'est OK finalement.

On arrive à côté des résidences de l'Université de Montréal. Il se gare juste vers les sous-bois où il y a déjà eu des filles violées là. Il me dit qu'il adore les étudiants. Là je me demande si il fait exprès pour que je le trouve encore plus un gros dégueulasse. Alors j'y demande l'argent tout de suite. Il me donne l'argent et mal au cœur. Il veut que je l'encule, qu'il m'encule, que nous nous enculions... Minute monsieur Bescherelle!

Heureusement tout ça ces mots, c'est juste pour s'exciter lui-même. Il commence à m'embrasser tout baveux comme un chien. C'est deux vers ses lèvres. Il me caresse en bas et il m'ouvre le zip. Il va pour me sucer. Sincèrement je préfère l'avoir sur la bite que sur la bouche.

Une fois que je l'embrasse pu ça me coûte moins. Il fait ça très bien sucer des bites. Je m'imagine dans un ailleurs. Je ferme tous mes yeux. J'ai honte mais ça m'empêche pas de bander. Il me met ma main sur lui. Il y a pas d'érection. C'est mort là-dedans. Après il me la secoue plus vite plus vite. Et puis c'est la purée, en pleine gueule. Et puis c'est la conscience, en pleine gueule aussi. Après c'est la fuite.

Se tuer, se prostituer, je comprends ce que le premier verbe vient faire dans l'autre. C'est des choix qu'on a. Des choix d'extrême. Mais on a toujours le choix je pense. C'est un peu la faute au chien si on lui met la laisse, le chat en est bien la preuve.

C'est comme une mère les lettres. Suffit de leur demander gentiment et elles vous donnent tout. Moi par exemple, je suis un ignorant ou presque, en tout cas un inculte. Et pourtant je fais pas un gros complexe avec ça. Je sais pas c'est quoi le nouveau roman ou les concepts littéraires, j'ai pas lu grand-chose mais j'ai lu des choses très bonnes. C'est ça qui est l'important. Dans Homère ou dans la Bible, j'ai trouvé tout mon essentiel. Faut pas croire que je me vante, si ça se trouve j'ai complètement rien compris ou tout à côté de la plaque. En tout cas, après cette impression de puiser l'essentiel où il y en a, pu rien m'impressionne.

Pour moi, c'est une bande de copains la littérature. Ils s'écrivent tous les uns les autres ces gens-là. Ils font ça dans tous les siècles partout. Le lecteur lui, il doit payer sa place du livre.

Les esprits fins ils passent leur temps à se demander où ça en est l'art du roman aujourd'hui. Moi sincèrement j'ai aucune idée dans ça. Et je peux pas dire que ça m'empêche de dormir quand je dors. De toute façon je pense, l'art du roman il est là où qu'on l'a laissé la dernière fois qu'on s'en est servi. C'est logique.

Des fois, il y en a qui me voient écrire. Je fais toujours ça assez en cachette mais ce que je cache ça finit toujours par dépasser un peu. Alors c'est pas évitable, on me demande ce que j'écris comme ça. Le drôle, c'est que jamais j'arrive à définir. C'est bien tout juste si je sais que c'est pas un essai. En tout cas, je peux pas dire que c'est un roman, ça me mettrait bien trop mal à l'aise de dire ça. D'ailleurs un roman, je sais même pas vraiment c'est quoi et ceux qui disent qu'ils le savent je trouve qu'ils le savent pas eux autres non plus souvent.

Écrire pour moi, ça part d'un gros constat d'échec. Celui qui est bien dans son ménage, qui a un boulot très intéressant et qui joue au tennis le mercredi, s'il aime ça, il écrit pas. Il y a que des ratés finis pour vouloir devenir écrivain. Je pense qu'on se met à faire ça, cette chose puissante et honteuse, quand on devient convaincu que toutes les autres choses qu'on pourrait les tenter se ramèneraient à encore plus d'échec. Là-dessus, il y a pas plus convaincu que moi. Donnez-moi n'importe quoi et je vous le rate. Champion de l'échec moi.

Moi je rêve beaucoup de ça devenir écrivain. Mais je vois pas bien que ça pourrait être possible parce que j'écris n'importe quoi qui passe dans ma tête et à cause de ma paresse qui est très très grande, je peux même pas rien corriger. En plus jamais j'accepterais que quelqu'un je sais même pas qui, il se permette de me dire comment faut écrire ci ou ça. Ponctuation subjonctif des verbes et tous des trucs que moi je m'en fous pas mal. Sauf l'orthographe et encore. Pour moi c'est pas ça l'important. Et pourtant pour beaucoup d'autres gens, c'est ça l'important pour eux.

On pourrait penser que c'est pas si grave d'être un raté pour quelqu'un. Après tout, quand on regarde bien, tout le monde ou presque est raté. Mais l'insupportable pour le raté-écrivain, c'est que ça baise pas un raté par rapport à un qui l'est pas. En tout cas, même si c'est pas vrai cette comparaison, c'est vu comme ça dans la tête.

Quand les écrivains ils disent que tout part des tripes, c'est évidemment chacun la sienne qu'ils veulent dire.

Moi je vais juste chercher du pain par exemple. Si la boulangerie est assez loin, c'est sûr je vois au moins vingt trente femmes que je voudrais coucher avec elles. Là, tout de suite. Mais malheureusement, la société elle est pas du tout organisée pour que les gens se rencontrent. On est tous les uns contre les autres très méfiants. Surtout à cause de l'argent.

Alors c'est comme ça que ça finit, je rentre avec ma baguette sous mon bras et je baise pas. Pourtant c'est presque sûr que dans les vingt trente que j'ai vues, il y en a au moins une qui aurait peut-être éventuellement eu envie pour coucher avec moi. Le gros problème, c'est que je sais pas du tout c'est laquelle. En plus quand je rentre, je me dis qu'elles sont de moins en moins bonnes les baguettes, ça se perd les bonnes choses. Ils ont raison les vieux.

En fait quand j'y pense, je veux pas du tout changer le monde. Je sais que je suis pas capable et il est même pas question d'essayer. Tout ce que je voudrais idéalement, c'est changer son attitude à mon égard. Par exemple, je voudrais qu'on me permette d'être aussi gentil que je le suis en fait sans pour autant devoir me défendre. Je crois que c'est de là qu'il part mon appétit incommensurable pour la gloire. C'est pas l'argent ou le pouvoir qui m'intéresse. Tout ce que je veux, c'est pouvoir me montrer gentil librement, pouvoir être humain.

La gloire pour moi, c'est donc une chose qui est très simple : pouvoir parler à des gens que je connais pas mais que j'ai envie de leur parler quand même. Il faudra bien un jour qu'on apprenne à se rencontrer en dehors des cadres de la nécessité, juste comme ça, parce qu'on en a envie. Mais en attendant qu'on fasse ça tous, tout ce que je vois c'est écrire.

Et puis quand je vieillis, il vient un temps de ce que je pensais qui existait pas. Et puis il vient le temps de l'amour. Il vient comme un cheveu sur la soupe. Un cheveu blond très fin, c'est Gabrielle.

C'est encore un de ces maudits étés où je peux pas rien foutre comme je meurs d'envie de faire ça tout un été. Rien faire, c'est un privilège pour les riches. Moi il faut que je travaille pour payer mes fameuses études qui vont faire de moi quelqu'un qui réussit dans la vie. Faut trouver des sous toujours trouver des sous. C'est un coup pendable la vie (dixit mon père).

Je trouve un stage échange en Ontario. Ça paraît très bien pour une fois. C'est chez les fonctionnaires donc climatisé et avec le café gratis. En plus, je tombe sur un ministère qui est pas le plus occupé. Comme on dit, on regarde pas dehors le matin pour qu'il nous reste quelque chose à faire l'après-midi.

C'est mes compétences dans l'informatique qui font que je me ramasse aussi loin. Clubeaver, Ontario, neuf mille habitants. C'est là que je débarque, à deux pas à pied de la baie James qui est un endroit très célèbre chez nous. C'est peuplé aux trois quarts de francophones parce qu'il y a que nous et les Indiens pour venir peupler un endroit comme celui qui est là. On a la civilisation chaque soir à la TV, pas plus.

En tout cas, pour pratiquer mon anglais que je le parle si mal et que pourtant c'est très utile de parler ça, c'est un peu raté.

Les premières semaines, je sors presque pas. Je sais pas bien de toute façon ça serait pour aller où. C'est la pleine période des mouches noires. C'est une véritable terreur ces trucs-là. C'est tout petit et pourtant c'est plus méchant et plus vorace que des trucs plus gros. Ces mouches elles s'attaquent à tout ce qui bouge. Elles vous arrachent un bras et puis après elles vous frappent avec le bout qui saigne. C'est complètement sans cœur et sans miséricorde ces bestioles. Une sorte de vengeance de Dieu lâchée dans la nature. C'est des trucs qu'il a créés sous l'emprise de l'alcool ou alors bien fâché, juste après l'histoire de la pomme.

Le monde entier nous envie nos grands espaces qui sont là et que nous on s'en fout complètement. Je vais pas me plaindre de voir tout ça, moi, né en ville élevé en ville.

Chaque matin vers les cinq heures du matin, il y a un gros camion citerne qui passe dans toutes les rues. C'est pour pulvériser l'insecticide spécial anti-mouches noires. C'est dire si c'est sérieux toute cette histoire. L'aube c'est l'heure de notre agent orange à Clubeaver. C'est pour rappeler le Vietnam à tous ceux-là qui l'auraient pas connu. Mais les mouches noires, ça leur fait rien on dirait ce produit. Il y a que nous pour tousser.

Clubeaver c'est une ville qui est papetière. Il y a la fameuse Mill comme ils appellent, c'est la seule industrie ici. C'est la pouponnière du *New York Times* ils disent. Tout le monde ou presque travaille là. C'est les seuls boulots. Donc il est pas question de se poser des questions sur l'environnement. On dirait que c'est normal pour tout le monde une rivière avec de la mousse qui flotte partout dessus. C'est normal aussi le poisson qui nage sur le dos. Ici tout le monde est très discret avec la nature. Tout le monde respecte ses secrets, ses essais, ses erreurs. Et pour l'odeur, on peut toujours finir pas s'habituer si on est pas trop pressé. Ou alors on peut toujours respirer avec un tuba. Par la bouche, on a pas les odeurs. Il y a même des gens ici qui disent que c'est plutôt ailleurs que ça pue, alors. Et puis, moucher tout noir ça surprend juste les premiers coups. On est pas obligé d'examiner la morve dans le Kleenex à chaque fois. On peut prendre l'habitude de le ratatiner et de le mettre vite dans la poche. Par contre il faut pas le laisser là parce que ça fait plein de cochonneries dans la machine après. Comme quoi tout est vraiment une affaire de bon sens.

Mon chef il est fonctionnaire ça fait assez longtemps pour pu qu'il se pose des questions. Ou alors juste des petites les mercredis des semaines où il y a pas de congés spéciaux. À part ça, c'est un homme très sympathique. Juste un peu efféminé avec des bruits qui courent sur lui à cause de cette raison. C'est le genre qui a dû se faire lancer plein de cailloux à l'école. Mais moi franchement ça me dérange pas.

Il est marié avec une femme quand même assez plus âgée que lui. Dans le meilleur des cas, il était très puceau et elle y a ouvert les horizons. Ou alors il y a l'explication de dire que c'est un mec qui a voulu épouser sa maman. Personnellement ça me regarde pas je dis ça juste pour parler.

Au début ça colle complètement nous les deux. J'essaie de pas le décevoir, je suis du nouveau dans sa vie qu'il y en a pas d'habitude. Je fais l'intéressant j'arrête pas. Comme il me loge chez lui pour tant par semaine, on se retrouve à faire plein de choses ensemble.

Lui qui a connu le beau sexe un peu par hasard, je pense sa femme ça la fait pu rire beaucoup. Leur couple a dans les dix ans comme la petite, seule preuve à peu près concrète d'une possible intromission. Ça s'est passé très jadis à les voir.

La petite elle est bilingue mais seulement entre neuf et quatre à l'école d'immersion. À la maison il y a pas un mot de français, cette langue qui est un peu la honte. Pourtant le père c'est sa langue maternelle. Il est même souvent content qu'on la parle ensemble les deux. Mais la mère elle l'entend pas notre idiome. En tout cas, la petite elle a choisi son camp. C'est très laid une petite fille avec des grands pieds comme ça je trouve. Je peux vraiment pas la supporter. J'ai toujours envie d'y mettre trois quatre claques. Juste pour voir le bruit que ça fait.

Il faut dire qu'il est pas toujours facile à comprendre le français du nord de l'Ontario. C'est depuis très longtemps qu'ils sont séparés de leurs racines les pauvres. Leur survie c'est juste grâce à l'isolement. Je voudrais les faire venir au Québec tous ces gens pour les garder en vie dans notre langue. Échangerais ouest de Montréal contre nord de l'Ontario. Avis aux intéressés. Mais c'est un peu nos Belges ces gens, très bien chez eux, comme nos Suisses d'Acadiens.

La femme de mon chef elle s'appelle Kate de son prénom. Je crois qu'à un moment donné elle se tient pu d'avoir un jeune homme qui est dans sa cave comme moi dans sa cave. Ça doit y rappeler la jeunesse ou quelque chose. Elle se trouve toujours des prétextes pour venir dans ma chambre, surtout sans prévenir. Elle vient pour suspendre mes jeans qu'elle vient juste de repasser et que ça serait dommage qu'ils se froissent (alors que les jeans c'est pas nécessaire de repasser ça). Elle fait à peu près la même chose avec mes chaussettes. Elle vient aussi dans ma chambre le samedi matin pas tard pour passer l'aspirateur que moi je dors encore à cette heure-là. Mais je suis pas un rustre, j'y en donne pour son argent. J'y montre une fesse de temps en temps comme je dors à poil sur le ventre le drap en string. Je suis pas un exhibitionniste mais c'est juste que ça m'excite de faire ça.

Je la planterais par tous les trous si je pouvais mais elle est trop ratatinée par son âge qu'elle a. J'ai pas la libido genre Croix-Rouge. Elle vaut même pas une pipe j'estime.

Mais Kate, on dirait qu'elle garde dans son espoir que le fameux moment entre nous deux ça viendra. Pourtant je fais rien pour qu'elle garde ça son espoir. Pour qu'on se rapproche, elle arrête de fumer même une fois parce que j'y dis que ça pue. Pourtant ça faisait trente ans qu'elle faisait ça. Et puis ça continue qu'elle me fait tout plein d'allusions. Devant le chef même elle se prive pas. Lui il devient un peu vert des fois. Déjà que c'est un maniaque quand on le provoque pas. Par exemple, il faut essuyer les gouttes d'eau qui perlent partout après la douche. Même la buée c'est insupportable pour lui. Au début, je fais semblant que j'ai pas bien compris toute cette histoire. Il passe après moi avec une grosse serviette. Il essuie tout avec son côté très minutieux comme il est. Je le laisse faire, c'est sa folie. Monsieur Net. Mais graduellement je peux presque pas m'empêcher de rentrer dans son jeu. Surtout à cause de Kate qui arrête pas. Je finis que je suis mal à l'aise. C'est comme pour me racheter donc. Et puis je trouve un truc avec le sèche-cheveux au lieu de la serviette. Donc c'est pas trop un effort.

Il y a pas tellement grand-chose à faire à Clubeaver. C'est un endroit qu'il est naturel qu'on s'ennuie là, donc personne a honte. En plus à la maison, la TV en français d'un océan à l'autre elle est proscrite. On regarde juste la TV américaine qui est en anglais donc bien mieux elle dit la petite tête à claques. Si on fait pas ça elle pleure. Il y a pourtant la TV canadienne en anglais mais elle est pas assez mauvaise. Moi ça finit je regarde l'aquarium.

Mais c'est vraiment dans le bureau que ma vie sociale existe. Je me noue des liens à chaque pause-café autour des gobelets en polystyrène. C'est pas très long à chaque fois qu'on me demande c'est dans quelle église que je passe mon dimanche. C'est la seule journée qu'on doit occuper absolument sinon elle pourrait servir à se poser des questions et les magasins sont pas ouverts pour y répondre. Clubeaver c'est le dernier grand marché des âmes du Nord. On compte pas les églises ici. On y va sans les compter. Il y a les méthodistes, anglicans, presbytériens, pentecôtistes et encore aussi plein d'autres. Avec des collègues jamais les mêmes, je m'en fais une différente par semaine. C'est juste comme ça, pour tuer le temps (cet autre fils de Dieu).

Mais à chaque fois c'est toujours les mêmes niaiseries. Prions le Seigneur assis debout à genoux et encore rebelote. Moi je préfère assis et debout j'aime vraiment pas. Et il y a aussi des petites chansons main dans la main tout le monde : Jésus il nous aime, nous aussi on l'aime, qu'il est donc gentil d'être venu nous sauver notre bon Seigneur... Aller loup y a ! Aller loup y a !

Je m'en fais une demi-douzaine et je vois que c'est tout pareil. Pourtant j'observe genre Colombo. Je voudrais voir pourquoi ils sont pas tous réunis comme les cathos. Je m'attends toujours à des incantations sataniques sur le diable ou à des icônes qui suintent du sirop d'érable n'importe quoi.

Je garde quand même un souvenir très bon de l'Église unie du Canada avec ses prêtres officiellement homosexuels. Je trouve ça très bien d'être officiellement homo pour un prêtre.

Dans l'autre côté de l'arène, il y a les confirmistes. C'est des à part ceux-là. J'avoue qu'ils m'ont fasciné, qu'ils ont répondu à plein de mes questions.

C'est l'air de rien un des collègues dans le bureau il me demande si ça me dirait quelque chose d'aller visiter l'aéroport de Clubeaver. C'est pour y aller samedi soir. Je dis oui.

Quand on arrive là-bas, c'est pour se joindre à un joli groupe de gens tous ensemble et tout bien ramassés en cercle. C'est des âmes roseaux, des qui plient facile. On fait le tour de ces belles installations. C'est ni long ni intéressant. Par contre notre guide il est le concierge en même temps et il explique très bien. Il y a juste un problème du moustachu à lunettes qui arrête pas de poser des questions.

Tout le monde a l'air très content de me voir. Tout le monde a l'air très heureux d'être content aussi. Salut comment ça va ? comment tu t'appelles...

Le grand moment de la soirée, c'est quand on va manger la crème glacée de l'amitié au sous-sol de l'église après. C'est une sorte d'eucharistie chantilly en fait. Le moustachu à lunettes avec ses pelles de questions il vient me voir au moment que je suis tout seul. Va savoir pourquoi, il m'adopte tout de suite. Il m'appelle son fils. Jamais quelqu'un m'a appelé comme ça moi, ça fait drôle. Mais j'ose pas l'appeler papa en retour, je sais pas faire.

Quand il commence à me parler, je vois pas où il veut en venir. Il utilise toute sa finesse de séminaire. Mais quand même à quelque part on dirait qu'il veut me vendre un Electrolux ou quelque chose. Il me dit même qu'il a fait beau aujourd'hui et tout ça... Moi j'y dis que ça me dérange pas du tout. Il aurait pu pleuvoir c'est pareil.

Assez vite finalement, il embraye : il y a un seul Dieu, il y a une seule vraie église, c'est juste nous qu'on a raison, les autres ils vont aller en enfer direct... J'ai du mal à suivre avec mon anglais qui est pas très bon. J'ose pas trop y dire ce que je pense de Dieu moi-même et de tous ceux qui y croient en général. Mais c'est là que je sens que les confirmistes sont en train de prendre une place assez à part dans mon estime.

Heureusement qu'il est pas né en Ontario Salman Rushdie. Il s'en serait pas tiré aussi facilement le bougre.

J'essaye d'esquiver mon philosophe en ouvrant la valise diplomatique toute grande ouverte sur la table. Mais il y a rien qui marche, il me lâche pas avec le péché originel qui est tous notre faute. Alors j'y dis pour qu'il comprenne bien : pour moi c'est Caïn qui a commis l'erreur irréparable. C'est lui qui s'est trompé. Fallait tuer Ève, tous nos problèmes aujourd'hui ils partent de là.

Le dimanche qui est le lendemain du samedi de l'aéroport, on veut m'emmener à la messe réglementaire des confirmistes. Moi je peux pas m'empêcher d'y aller, c'est à cause de ma curiosité qui est très malsaine. Souvent elle m'emmène là où je devrais pas y aller. Tout ça c'est parce que je peux pas m'empêcher d'être comme je suis.

Le pasteur il est très joli et très fier dans sa soutane tout de blanc vêtu. Il fait un sermon très propre, c'est du *liturgically correct*. Il passe à peine trois petits quarts d'heure sur un de ces versets comme on en fait pu. Et qu'elle est donc belle la parole de notre bon Seigneur Jésus-Christ Sauveur crucifié pour nous s.v.p. merci beaucoup d'entre les morts et tout et tout.

On peut dire qu'il nous aime notre bon Seigneur et que nous on le mérite pas. Si Jésus il revenait aujourd'hui, ça serait juste pour nous étriper tout le monde il dit le pasteur. Pour lui, c'est Sodome, Gomorrhe, Paris, New York, Tokyo tout pareil. Moi il me donne envie de croire au Messie ce brave homme. Alors que normalement je jure c'est pas du tout mon genre.

En fait ce que moi je pense, c'est que Dieu dans les croyances, ça représente la civilisation. Pas la civilisation comme on en parle d'habitude. Je veux dire la vraie civilisation, la civilisation totale et absolue : une sorte d'état de grâce du monde pour un avenir plus ou moins hypothétique dans lequel la force sera intégralement dépendante de la justice. Croire en Dieu, c'est constater la barbarie du monde en faisant comme si fallait rien changer nous-mêmes. Croire en Jésus, c'est pas exactement pareil. Pour celui qui est chrétien, croire en Dieu c'est aussi constater la barbarie du monde en baissant les bras mais c'est le faire en disculpant complètement l'homme ; en disant que c'est pas sa faute. C'est bien plus vicieux !

Ce que je pense aussi, c'est que l'homme il sera jamais civilisé tant qu'on l'obligera pas. Parce que la nature à l'homme c'est d'être le meilleur ami du chien et rien d'autre. Par contre l'homme il fait toujours ce que la technologie y dit de faire. Elle est là notre seule chance je pense. Si la technologie elle finit par faire que tout le monde sait tout tout le temps, ça finira sûr par devenir très difficile de rester les sauvages qu'on est.

Mais Jésus lui il dit pas du tout comme ça. Il dit qu'on a pas à attendre l'avenir ou la technologie juste en regardant son nombril. Jésus il nous dit que la solution elle est pas technologique et qu'elle est pas pour plus tard. Pour lui, la solution elle est humaine et pour quand on veut. C'est en nous ça dort il dit. Aimez-vous les uns les autres et il y aura le royaume de Dieu (il appelle ça Dieu la civilisation pour que les gens comprennent).

Jésus il a prêché environ deux ans et demi et jamais il s'est dégonflé de dire tout ça qu'il disait et qui était vraiment la révolution. Le problème c'est qu'il a fini aimant tout le monde accroché sur une croix. On peut pas être civilisé tout seul et on peut pas convaincre tous les autres non plus. C'est ça qui va pas.

En sortant de notre office dominical, on se rencontre tous sur le porche (ou en dessous je sais pu). Il y a toutes les âmes roseaux qui sont là. Ils sont toujours aussi simples et aussi gentils encore. Il y a des grosses bigotes anglaises avec des maris à dents de lapin et flopées d'enfants. Il y a des ex-témoins de Jéhovah qui trouvaient que c'était pas assez doctrine où qu'ils étaient avant. Il y a des pauvres vieux Franco-Ontariens analphabètes. C'est tout ça les ouailles. Des pauvres gens qui passent leur temps à s'excuser de vivre. Pas de pardon ! fallait y penser avant ! qu'il leur répond le bon pasteur.

Il me salue comme quelqu'un qui est bien élevé. Il me poigne ma main tout bien comme il faut dans cette occasion. Il me présente les gros nichons de sa femme. J'y poigne sa main à elle et je l'embrasse aussi en y expliquant que c'est comme ça les us de par chez nous. Elle rit gênée. Elle me fait tout de suite extrêmement bander cette femme. Elle respire le sexe à pleins poumons. Ève, je l'imagine pareille, juste prête à pécher. J'en reviens pas qu'elle soit avec le pasteur (qui est pour moi avec ses lunettes et sa grosse moustache comme une fausse couche qui aurait très mal tourné). Ou peut-être j'exagère un peu à cause de ma jalousie libidinale.

Il y a pas de communion durant le service. Il le font eux aussi en mémoire du Moi mais pas aujourd'hui qui est relâche. Tout le monde se retrouve après pour un repas communautaire encore dans la cave de l'église, chose glauque. J'apprends par hasard en insistant avec ma curiosité qui est malsaine d'habitude mais pas là comment elle est financée toute cette belle œuvre divine. Chaque membre de la communauté donne exactement 10 % de son salaire. Moi je dis que ça vaut le coup mais seulement si la femme du pasteur est vraiment cochonne. Moi durant tout le repas, j'arrête pas de me l'emmagasiner pour me la branler à la maison.

Il y a la semaine qui passe avant que ça soit encore le temps de retourner à l'office. Mon collègue qui m'emmène il arrête pas de me tanner pour qu'il m'emmène encore. C'est comme s'il touchait une commission ou quelque chose. Au début, la semaine se déroule assez tranquillement mais à force que j'y réponde pas, il me harcèle de plus en plus et ça devient une vraie urgence cette semaine. Comme une ambulance, avec l'effet Doppler à mesure que le dimanche approche.

Quand j'arrive à l'église, il y a le bon pasteur qui fait semblant de pas me voir mais il fait ça sans grand talent. Je vais quand même poigner tout ce que je peux à sa femme. Elle mouille rien qu'à me voir on dirait. En tout cas dans sa main moite. Pour le reste je m'imagine. Elle me fait beaucoup trop bander cette femme c'est pas juste. En plus c'est la femme d'un con donc moralement ça serait OK.

Tout le monde prend sa place sur les bancs de l'église. Parce que ça commence à l'heure ces choses-là : Dieu nous regarde.

On se met bien en voix avec des amen et puis va pour les chansonnettes. C'est pas drôle, ils connaissent même pas des paillardes. Par contre après il y a le sermon et il est très épicé cette semaine. Tout le monde se retourne plus ou moins pour me regarder parce que c'est tout spécial pour moi la morale. C'est un sermon d'enfer avec verve apostolique. Et que ceux qui veulent pas nous suivre dans le droit chemin que c'est Dieu lui-même qui leur a montré, ils vont aller brûler sous terre sans musique country et que ça sera bien fait. Et que par la même occasion ils seront couverts de furoncles pleins de pus même dans la craque des fesses. Et que c'est la dernière chance qu'on leur donne. Et que et que...

Je suis tout rhabillé pour l'hiver j'aurai pas froid c'est certain. J'ai les tympans qui bourdonnent dans les oreilles. C'est une ruche là-dedans. Je suis quand même un peu gêné. Je suis pas habitué à cet honneur d'être tout seul moi contre la Lumière.

En sortant, il y a les gentils roseaux ils viennent me saluer et me poigner ma main chaleureux. Parce qu'on se serre les coudes nous les ouailles, on est comme ça. Il y a gros-nichons qui est là elle aussi et même qui arrive vers moi. Elle a l'air très désolée. Mais même avec cet air, elle me fait très bander. Elle vient pour m'inviter à dîner dans sa maison. Elle dit qu'il faut pas me froisser, que son mari il fait tout ça juste pour mon bien même si ça paraît pas trop. S'ils m'invitent à dîner chez eux de toute façon, ça doit être que m'exorciser est encore possible. En tout cas j'espère.

Mais malheureusement je pourrais pas y aller au dîner. Dans mon contrat de travail, c'est prévu pour moi un rapatriement à Toronto pour notre fête nationale des Québécois le 24 juin qui est dans deux jours. On est une centaine de stagiaires dans mon programme à se retrouver là-bas.

Je débarque à Toronto le 23 juin. Elle est trop propre cette ville pour se sentir chez soi dedans. C'est étrange la crasse manque. Tous les stagiaires on a une soirée pour nous rencontrer à la tour du CN, celle précisément que c'est la plus haute du monde et que donc c'est pas de la merde par conséquent. Même qu'elle est tellement haute on a vu ça en physique, elle penche un peu en haut à cause de l'accélération de Coriolis qu'on appelle. Je saurais pas expliquer par moi-même mais le prof l'a expliqué comme il faut une fois. C'est quand même une architecture ratée cette tour, même pas un beau symbole phallique. Un truc juste pour être haut. Et moi j'entre là-dedans, je suis tellement en manque et c'est même pas la hauteur de mon désir ce bilboquet très grand.

Je rencontre la responsable de notre beau programme. Elle est très mignonne à part pour les seins qu'on sait pas où ils sont passés. Mais quand même ça se voit qu'on se plaît bien les deux. C'est une chance, elle me demande où je vais aller dormir et moi je sais pas cette réponse. Elle m'offre qu'elle m'héberge alors moi ça m'arrange.

C'est plein de cocktails et de petits fours à cette soirée. Je me prive pas je m'empiffre. Ce qui va pas par contre, c'est qu'il y a rien à mettre du côté filles. Pourtant d'habitude c'est très beau les étudiantes et là je sais pas ce qui se passe. C'est pour moi la grande déception de constater ce que je constate. Il y en a bien une qui est très bonne mais elle est déjà casée avec un beau grand sportif comme je les hais.

Je remarque tout juste un peu une blonde aux cheveux très fins et avec une voix nasillarde qui me tape sur les nerfs vite. Je sais même pas encore que cette fille c'est Gabrielle, mon premier amour. Je sais pas ça je sais rien dans la vie encore.

L'avantage dans cette soirée, c'est qu'on peut boire des coups autant qu'on veut gratis. En me saoulant de plus en plus, je me fais un pote qui tient le bar lui aussi pour pas que ça tombe. On parle de cul c'est pas long. Il parle de ça très bien avec du vocabulaire et tout. C'est un œnologue de ça le cul. Il sait beaucoup de choses. Il est déjà loin dans les études vers le doctorat par là. Il a l'air aussi frustré que moi. Alors on se dit tout comment on les baise toutes, comment elles nous sucent, comment on les pine par des trous différents. La langue dans le cul il rajoute en se refusant rien.

Quand c'est le lendemain matin, on part tout le monde vers notre destination qui est la baie Géorgienne. On dit une baie parce qu'il y a dans cet endroit-là du lac Huron comme une discontinuité. Du coup c'est pu vraiment le même lac et c'est pas un autre lac non plus. C'est comme une sorte de presqu'île inverse. C'est très joli cette Giorgian Bay.

On arrive en plein milieu de l'après-midi. Tout le monde on court vite à la plage. Les Québécois on adore ça la plage. C'est une des choses qui nous manquent le plus avec notre climat qui est très difficile.

Et là pas très loin, je vois la blonde nasillarde qui enlève sa chemise en jean et qui est complètement une autre femme en dessous. Elle porte un maillot de bain tout blanc qui est très joli avec une ancre dessinée qui lui tombe au milieu de ses seins. Ils ont l'air rond très beau, très bien ses deux seins. Taille du pamplemousse rose. Je la regarde comme il faut avec ses cheveux qu'elle détache et tout d'un coup ça me frappe absolument comme elle est belle cette fille. C'est comme un coup de foudre je crois. Mais en fait c'est plus un éclair. C'est tout que je vois et pas que j'entends. C'est tout intégralement avec les yeux. Elle me remplit mes deux globes. Je vois pu rien d'autre un long moment. Même ma montre je regarde pas pour savoir l'heure. Je regarde en plus sa taille qui est très fine comme j'ai jamais vu ça avant. C'est l'isthme d'elle.

Je m'approche en sioux et je fais des manœuvres discrètes pour arriver à mettre ma serviette là à côté de la sienne sans trop que ça paraisse. C'est un miracle que je suis pas trop maladroit. Mais quand même il faut que je fasse un peu de la conversation sinon c'est un peu louche mon affaire. Il faut que je justifie ma présence autour du miel. Je dis rien qui l'intéresse heureusement. Donc ça me lave de tout soupçon d'être un dragueur. Je dis que des conneries exactement comme si j'étais un con. Par un autre miracle, il y a sa copine qui est là à mon coup de foudre et à elle j'y plais on dirait. Elle me fait des grands sourires quand je parle et ça fait que indirectement au moins je coupe pas le contact.

C'est là ensuite que j'apprends comment elle s'appelle Gabrielle. Il faut quand même avouer que c'est un très joli prénom de s'appeler comme ça. En plus elle a un nom de famille pour aller avec très bien lui aussi.

Je comprends pas du tout pourquoi, elle a pu du tout la voix nasillarde d'hier si énervante. Ça devait être sûrement un rhume ou quelque chose. C'est passé. Sa voix aujourd'hui c'est presque d'un ange. Elle dit pas beaucoup de mots mais ils coulent dans l'oreille et ils descendent là-dedans très loin au fond là où jamais d'autres sont allés. Elle prend un peu son bain de soleil. Moi je peux pas m'arrêter de la regarder, c'est beaucoup plus fort que moi. Heureusement qu'elle a ses yeux qui sont fermés parce que ça se fait vraiment pas ce que je fais.

Un peu plus tard elle décide qu'elle va aller faire un petit tour dans l'eau. Elle a un peu chaud je crois. C'est ma faute le brasero du cœur à côté. Ce qui est magnifique, c'est que même avoir un peu chaud, elle fait ça et c'est très beau. Avant de se lever, elle prend tous ses cheveux par-derrière et elle les sépare en trois mesures de spaghetti d'or. Ensuite elle les enlace une sur l'autre et une sur l'autre encore encore encore. Le résultat c'est une tresse très belle. Moi c'est la plus belle que j'ai vue dans toute ma vie et pourtant je regarde souvent ça les tresses. Et puis elle se met debout en disant encore des mots qui rentrent dans l'oreille très loin et très doux. Ça achève de séparer mon cerveau de son petit coffre, ça lévite là-dedans.

Quand elle va vers les vagues, je peux pas supporter qu'elle me quitte comme ça. C'est pas explicable. Je peux pas m'empêcher de la suivre. Il faut que j'aille me jeter à l'eau moi aussi. C'est impossible de faire autrement. Je la suis. Je vois sa tresse qui bouge et qui ondule comme une queue de sa tête. Et c'est là que je comprends un peu quelque chose à toute cette magie. Cette fille c'est pas une fille. Cette fille c'est une sirène voilà.

Quand c'est le soir de la Saint-Jean, on a notre gros feu traditionnel de cette occasion. C'est comme ça avec nous, notre fête nationale elle nous donne juste envie de foutre le feu.

Je sais pas expliquer mais ça sera pas comme les autres fois avec Gabrielle. L'amour j'ai jamais connu que ça existait. Et même là je devine même pas encore tout ça qui m'arrive dans ma vie et que ça la change complètement.

D'habitude quand ça marche pas avec une fille, j'abandonne vite j'insiste pas. Je sais que c'est toujours les filles qui décident de toute façon. Nous autres on attend. Rare que ça donne quelque chose quand on insiste. On réussit juste à les oppresser souvent. Et c'est pas très bon de faire ça. Notre rôle à nous c'est de tendre des lignes et de vérifier quand on peut si ça mord. Il y a beaucoup de lignes que c'est de la pure perte parce qu'on a pas une autre occasion pour vérifier si ça a mordu. Il y a beaucoup de perte dans ce système donc il faut pas être avare de lignes. Ou alors il y a la solution de draguer mais ça c'est très dur d'être bon là-dedans.

Quand il y a une ligne qui mord, il faut tirer fort dessus pour ferrer. Il faut pas attendre un deuxième mordage, c'est pas probable. Ou alors il faut être très patient. Mais patient, il y a un côté malade là-dedans. Les patients ça finit chez les médecins.

Ce qu'il faut comprendre c'est que la société elle baise au rythme des femmes. Faut comprendre que le serpent qui est condamné à ramper sur son ventre toute sa vie dans la Bible, c'est celui qu'on a dans la braguette.

Avec Gabrielle, c'est tout différent. J'ai pu aucun repère pour me repérer. C'est elle qui m'a ferré avec son ancre du maillot de bain et je sais pu où je suis maintenant. On dirait bien qu'elle est un peu intéressée mais on le dirait pas fort. Je fais semblant de rester très indépendant mais c'est carrément une torture de faire ça. Heureusement il y a sa copine la petite grosse qu'arrête pas d'y dire du bien de moi. Je suis superman pour elle la petite grosse.

Pendant la fête de la Saint-Jean quand c'est un peu plus tard, il y a encore un miracle qui arrive. On se retrouve tout seuls les deux avec Gabrielle. On se promène sous la pleine lune. Moi, elle me demanderait d'y donner, je sais pas comment je ferais mais j'y donnerais. Et c'est aussi ça qui est encore le miracle avec la lune qui éclaire, c'est la pleine lune et je peux continuer à la regarder. Comme ça se fait dans ces occasions comme celle-là, je viens un peu pour l'embrasser. Mais ça y dit rien de faire ça. Je reste complètement ridicule avec ma langue qui est sortie pendant qu'elle décide de regarder ailleurs. Elle veut que j'y tienne sa très belle main OK mais pour plus elle veut pas. Moi de l'extérieur je dis rien. Mais en dedans je meurs. J'ai le cœur fin prêt pour le don d'organe.

Elle rentre se coucher elle me dit avec ses mots incroyables qui sortent de sa bouche comme si de rien était. Moi je peux pas aller me coucher mais je crois pourtant qu'il y a que le dodo de possible pour survivre à ça qui m'arrive. Je me couche dans le doute plus que dans le lit.

Quand on rentre à Toronto on est assis ensemble dans le car. Elle a dit que je pouvais m'asseoir là avec elle. Elle l'a dit j'ai pas pu rêver j'ai pas dormi. J'ai encore toute une journée à passer à Toronto le lendemain. Je parle avec elle de ça et puis j'y dis que si elle veut je peux m'arranger pour la faire passer pour malade au boulot pour qu'elle reste avec moi. J'y dis en plus que je peux m'arranger pour pas que ça diminue sa paye en plus. C'est même pas vrai que je peux m'arranger pour tout ça mais je suis vraiment prêt à tout. Je vais voir la responsable du programme. J'y dis qu'elle est très belle et j'y sors un baratin comme pas permis. Et il y a tout qui marche comme dans du beurre même pour la paye.

Avec Gabrielle on passe notre journée merveilleuse au zoo. Un peu comme Adam et Ève au paradis avec les animaux. Elle a l'air très contente d'être là. C'est elle qui voulait voir ça le zoo. Alors on est venu là. Moi les animaux ça m'intéresse pas tellement à ce moment. Rien m'intéresse qu'elle. Je peux pas rater une seconde de ses secondes. Je peux rien faire d'autre que la regarder. C'est pas possible autre chose. Il y a un moment elle se gratte la joue. Jamais j'ai vu quelqu'un qui se grattait la joue si bien. Elle fait ça c'est très beau. Tout ce qu'elle est tout ce qu'elle fait, c'est beau incroyable. Elle tousse c'est beau.

Mais la journée elle est pas éternelle. Quand c'est fini c'est fini et elle m'accompagne à l'aéroport pour prendre mon avion qui me ramène là-haut, là-bas. C'est l'endroit et l'occasion parfaits pour ça et pourtant elle veut toujours pas m'embrasser. Quand je la quitte je vais au ciel, c'est une petite mort.

Je sais pas ce qu'elle a voulu ce jour : amour ou congé ? Pour moi c'est encore le doute le doute le doute. Je croyais que c'était seulement pour la raison le doute mais c'est pour l'amour aussi. Ou alors je pue vraiment de la gueule.

Atterrissage à Clubeaver. Il y a pas une seule chose qui est pareille pour moi. Même les M&M's tout chocolat que je les adore pourtant, là ils me disent pu rien. Mes pensées c'est à peu près comme Thèbes après le passage d'Alexandre, il y a pu que la maison du poète encore debout. Il est dans la maison l'amour. À l'abri.

Kate elle est toute folle que je sois revenu. Elle se rend même pas compte que pour moi la vie c'est une tonne maintenant ici. Tout ce qu'elle pense c'est son mari qui va partir en séminaire d'informatique pendant trois jours à la fin de la semaine. Et aussi tête-à-claques qui est partie en camp d'été. Elle me fait les allusions qu'on va rester seuls les deux. C'est pour me remonter le moral mais on peut pas dire que ça marche. Tout me dit rien.

Il finit par rentrer du boulot le chef. Comme il est psychologiquement cocu, il est assez hargneux. Alors il m'envoie tout. Il paraît qu'au boulot ils sont vraiment pas contents de ce que je fais là-bas. Ça je sais qu'il ment. Ils peuvent pas être mécontents de ce que je fais, je fais rien. Il dit aussi que j'ai pas l'esprit de l'équipe, soi-disant que je m'intéresse pas à la cause commune du ministère. Ah bon ! C'est fini le bon temps. Si je change pas mon fusil d'épaule, je vais me tirer dans le pied il m'explique.

Il s'arrête avec le boulot et il me remet une couche avec ce qui se passe à la maison que là non plus ça peut pu durer comme ça. Je suis vraiment insupportable. Je me permets de critiquer le manger en disant que c'est pas bon. J'essuie même pas mes gouttelettes de douche après me laver. C'est intolérable voilà. Moi j'essaie d'y expliquer. C'est pas des gouttelettes de la douche, je pisse sur les murs j'y dis.

Mais il y a rien à ajouter, il faut que j'aille foutre le camp ailleurs. Avant le séminaire et vite.

Alors j'appelle tout de suite ma responsable préférée. J'y dis tout de mon enfer que j'endure. J'y rajoute que ça serait très bien de se revoir les deux. Elle prend toutes les choses entre ses mains très efficace. Elle est vraiment très bien cette fille.

Le lendemain je suis muté à Toronto et je pourrai loger chez elle le temps de trouver quelque chose pour y habiter.

Donc le soir même c'est mon départ. J'ai les adieux avec mes chers confirmistes de mon cœur qui sont venus m'accompagner à la gare. Le pasteur il m'explique bien que Toronto c'est juste à côté de l'enfer et que donc il faut faire très attention là-bas. Heureusement il a des adresses de deux trois bonnes gens à me donner. Fiou!

Gros-nichons est là elle aussi qu'elle est venue pour me faire l'adieu. Elle se tient toute droite en plein dans le courant d'air frisquet. Elle a ses deux mamelons qui lui crèvent son tricot très délicat bien de circonstance. Une maille à l'endroit une maille à l'envers. C'est du beau boulot. Moi j'admire. On se bise tout bien comme il faut. Elle vient près et je les sens qui me grattouillent sur ma poitrine à moi. J'ai une montée de sève presque. Laissez-la moi trente secondes sur la bande d'arrêt d'urgence du droit chemin... Et puis je coupe mes fantasmes ça me fait du mal pour rien. Je donne des grosses poignes de main à ceux qui attrapent. Je fais des bisous aussi aux pas trop moches. Ils sont presque tous là mes potes ouailles. Pour les adieux c'est très bien ce genre de gentils. J'ai même pas envie de les revoir un jour, même un jour de semaine. L'adieu sans peine aucune. Ils me font tous des moues remplies d'émotion comme s'ils perdaient un des leurs. Je les trouve bizarres tous. Je jurerais qu'ils aimeraient mieux m'enterrer ou quelque chose.

Je pars très tranquille avec ces gentils roseaux. Quand je suis assez loin je leur fais même un doigt, surtout au pasteur. Mais au fond de moi quand même je sais que c'est pas bien.

Il y a une vingtaine d'heures de train sur ma route. Cette fois j'ai pris ce qu'il y avait de plus long parce que c'est moi qui paye et que donc j'ai pris le moins cher. J'aime pas payer beaucoup. J'aurais vraiment aucun talent pour acheter un diamant.

Quand j'arrive au bout du périple, je suis pas très frais. J'ai des jolies retrouvailles avec ma responsable du programme qui est très mignonne sauf pour ses seins qu'on sait toujours pas où elles les a fourrés.

Elle m'a trouvé un truc très bien comme emploi. C'est en plein centre-ville, à Queenspark comme ils appellent ça. C'est au ministère du Trésor et de l'économie. Il y a des bureaux tout bien équipés avec des ordinateurs neufs et tout ce qui fait le bonheur dans ce genre de boulot. La secrétaire est très gentille et juste laide assez pour attester de la sécurité d'emploi, elle est un argument syndical en quelque sorte. Tout est parfait.

Quand j'arrive, on s'attendait pas tellement à me voir on dirait. Coucou je dis. Ici les gens ont l'air de bosser sérieux. Moi j'essaie d'expliquer que je suis protégé de ça par mon contrat de travail. Mais aujourd'hui c'est jeudi. C'est le jour de la fameuse conférence hebdomadaire sur des choses économiques très importantes. Il y a tout plein des spécialistes des journaux spécialisés et des cabinets pour ça et d'autres gens encore que je sais pas c'est qui. Tout le monde s'affaire beaucoup. Et en fait je tombe très bien parce que personne se débrouille un peu avec les ordinateurs tout neufs et qui marchent pas pareil que les autres d'avant. Alors on me fait vite calculer le taux d'inflation prévisionnel à partir de l'indice des prix à la consommation des six derniers mois et de quelques autres données secrètes comme le pif. Je m'en sors assez royal avec un petit programme en Fortran 77 de derrière les fagots.

Quand on est dans la salle de réunion, il y a tout le monde qui la ramène chacun son tour. Il y en a aussi c'est pas leur tour et ils la ramènent quand même. Moi j'attends sur mon fauteuil avec mon petit graphique devant moi. Je l'ai terminé à la main finalement. Mais ça se voit pas trop parce que je l'ai photocopié astucieusement après. Elle m'impressionne beaucoup toute cette belle table ronde des chevaliers de la statistique. Mais soit j'en touche pas une dans toute cette matière qui est l'économie ou soit c'est vraiment une bande d'enculeurs de mouches.

Ensuite il y a cette grosse discussion sur mon graphique pour expliquer les chiffres dessus et les courbes. Tout le monde s'exprime. Le taux de chômage reste relativement élevé. L'inflation paraît stagner mais il faut attendre pour se prononcer sur les nouvelles mesures du gouvernement sur le long terme... Merci tout le monde et surtout servez-vous en donuts qui sont très bons.

Après la réunion, le chef il me présente à toute la fine équipe. Le chef il a pas que ça à faire. Il manque pas de chats pour les fouetter. Alors il me demande si je veux être affecté à une multitude de petites tâches très chiantes et fastidieuses ou si je préfère plutôt un seul bon gros travail avec un rapport à faire à la fin que personne le lira. J'y dis que la perspective du gros travail ça me paraît très bien surtout si je peux me concentrer très particulièrement sur le rapport. Le chef ça se voit c'est un spécialiste de ces choses qu'on fait nous dans ce bureau. Ce qu'il veut c'est que je me gère tout seul. On se comprend impeccable les deux.

Un peu plus tard quand c'est l'heure pour ça, je vais pour inaugurer la cafétéria. Je tombe sur d'autres stagiaires que je connais un peu de l'autre fois à la Saint-Jean. Ça me fait assez plaisir que je vais pas manger tout seul. J'aime pas tellement ça manger tout seul. Déjà que je mange vite ça fait que je mange encore plus vite. Et après je me trouve gros porc.

Je dis que je reviens tout de suite et je vais conduire mon plateau sur le circuit tuyauté des bons petits plats. Après la caisse je vais vers ma bande et je m'arrête un instant au comptoir des fourchettes tout ça. Je regarde les autres et qui je vois qui est là : Gabrielle, divine. Tout le monde se demande sur le sexe des anges, moi je me demande pu.

C'est pour moi une panique totale de la voir là. Je

peux pas me ressaisir. Je tremble que ça me fait tout renverser mon plateau dans un grand bruit. Beding bedang ! Et puis c'est cette idée stupide que j'ai eue de prendre des lasagnes. J'en ai partout sur moi maintenant. Tout le monde me voit même l'ange. La dame du ménage elle arrive l'air pas contente. On a nos regards qui se croisent. Je crois qu'elle voit un peu mes yeux en warnings parce que au lieu de m'engueuler elle m'aide et elle me dit que c'est pas grave qu'il faut me calmer. J'essaie que je me calme mais je suis toujours autant comme un parkinson.

C'est fichu mon repas mais de toute façon je vois pas comment je pourrais manger avec elle qui est là. J'ai une sorte de mal du cœur très étrange et très fort. Je voudrais vomir une âme pour tout sortir. C'est une prison mon sentiment pour elle si je peux pas crier (et je peux pas). C'est tout ça en fait que j'essaie d'y exprimer avec mes lasagnes que j'en ai partout.

On a fait une place pour moi à la table. Elle a l'air un peu contente de me voir. Par contre je crois qu'elle comprend pas très bien mon message des pâtes. Elle sait pas lire ça peut-être. Elle me sourit mais un peu comme au dentiste, toutes les dents mais pas d'émotion.

Et c'est ça le sentiment tant célébré, c'est ça l'amour. Je voudrais pas connaître la foi. Heureusement on a juste une heure pour manger.

Je revois mon pote Carl qui parle si bien du cul et des choses annexes du haut de son doctorat. Il a tout compris il me dit. Gabrielle elle fait un peu la gueule parce que je suis chez la responsable qui est quand même réputée comme une baiseuse. Pas de nichons pas de nichons, j'allègue j'allègue.

En rentrant le soir, il y a pas de minute à perdre. J'ai l'amour avec une perfusion. Je prends un numéro de téléphone confirmiste donné par le pasteur et j'appelle là. Elle attendait mon téléphone la gentille dame. Bougez pas j'arrive j'y dis. Faites la chambre.

C'est très propre chez eux. C'est une famille de Jamaïcains, des monoparentaux avec juste la mère. Sûrement encore Dieu le père.

C'est pas très long qu'il y a ma stratégie qui est au point et elle porte des fruits. Chacun de notre côté avec Gabrielle on s'organise pour aller au même dîner au restaurant qui est organisé par des gens qu'on connaît. Mais tout va trop vite je vois rien venir. Une fois là-bas, je me retrouve complètement à l'autre bout de la table là où elle est le plus loin de moi. En plus je peux pas croire qu'elle est pour rien là-dedans. Elle aurait pu faire autrement et elle l'a même pas fait. Et comme par hasard elle est assise à côté du beau grand sportif comme je les hais qui vient juste de rompre avec sa petite amie la très bonne. Tout le dîner Gabrielle elle rit et s'amuse beaucoup avec l'autre. Elle me regarde pas une fois même en passant pour regarder autre chose et que je serais sur le chemin. Je mange rien je peux pas. Pourtant je sais qu'on va diviser la facture en parts égales. Comment ça pourrait-il être pire ?

Quand le dîner c'est fini, j'ai la grande et belle idée qu'on aille tous boire des coups dans un endroit qui est très sympa. (C'est un peu une ruse parce que je connais pas d'endroit qui est comme ça.) Le beau grand sportif il dit qu'il va rentrer à cause de sa fatigue. Casse-toi je jubile. Mais tout d'un coup, il y a

Gabrielle qui dit qu'elle a pas envie non plus. Elle va rentrer elle aussi. Je les vois ils se parlent tous les deux et le drôle du hasard c'est qu'ils vont rentrer ensemble parce qu'ils habitent vers le même côté soi-disant. Comme si c'était une bonne raison. Tout ce que je récolte avec ma grande idée, c'est la petite grosse copine de Gabrielle qui dit qu'elle veut beaucoup venir pour boire des coups dans mon endroit qui est très sympa. J'avais même pas vu qu'elle était là au dîner elle.

Je fais semblant de rien. Je joue le jeu que ma proposition elle tient. Je fais juste ça pour pas avoir l'air trop fou devant Gabrielle qui s'en va. Je la regarde partir avec l'autre et marcher tranquillement. Et à ce moment-là très précis que je vois ça, le mec qui est plus suicidaire que moi il est mort.

On est le lendemain et je mange avec Carl à la cafétéria. J'ai pris juste des trucs qui tachent pas genre une pomme. Mais j'ai tout fait ça pour rien. Gabrielle est là qui fait exactement comme si j'existais pas. Elle a raison d'ailleurs j'existe pas. Il y a sa petite grosse copine qui vient me parler de notre merveilleuse soirée d'hier. Elle me dit plusieurs choses mais j'écoute pas je suis trop malheureux.

Encore une fois il y a docteur Carl qui essaie de m'expliquer c'est quoi qui se passe. Il dit que c'est évident, Gabrielle elle est un peu réservée avec moi mais c'est parce que c'est un truc qui se fait entre les bonnes copines de se laisser un mec à l'une l'autre. Il dit que maintenant Gabrielle elle se sent pas très bien de me laisser paraître ses sentiments vu que j'ai couché avec la petite grosse hier. C'est clair qu'elle veut pas y faire de la peine à son amie et que c'est pour ça la raison qu'elle me dit même pas bonjour.

Moi je suis jamais chanceux avec les filles qui sont deux copines, c'est toujours la mauvaise que j'ai le ticket avec elle. Mais là je jure à Carl que j'étais soûl et que j'ai couché avec sans trop m'en rendre compte et que j'ai fait ça très vite ça compte pas. Mais Carl il en démord pas, tant que j'ai pas réglé mon histoire avec la petite grosse, Gabrielle voudra rien savoir.

Il est pas question du tout que je me laisse faire oh non ! J'attrape la petite grosse quand elle va pour porter son plateau tout ravagé vers là où ils font la vaisselle. Elle me regarde avec un grand sourire sur sa bouche tout en travers. Moi je regarde le plateau et j'y dis qu'elle mange trop. Miss Pac Man je l'appelle. J'y dis d'arrêter de sourire comme une dinde qu'elle est. J'y dis de me foutre la paix j'y dis d'aller mourir. J'y dis tout. Mais par contre je fais ça sans beaucoup avoir du tact. Alors elle est pas contente et elle me donne une grosse claque devant tout le monde. Comme ça il y a pas d'anguille, je sais qu'elle a compris que j'ai été clair donc. Je paie ma claque et je dis rien.

Comme elle retourne à sa table, je les vois les deux avec Gabrielle qui se mettent à s'engueuler. C'est un autre miracle dans notre histoire. Gabrielle elle est pas genre à laisser faire cette injustice comme il y a encore la trace sur ma joue rouge. Je regarde jusqu'au bout et on dirait que ça barde.

À la fin de la journée de travail, je me dépêche pour aller voir Gabrielle si tout va bien ou mal. Elle travaille à trois immeubles de moi (mais ils sont reliés par des tunnels, ce qui est un beau symbole je trouve). Sur mon chemin dehors je vois un Chinois qui est là et qui vend des mangues. J'en achète trois parce qu'il les vend par trois. J'arrive au bureau de

Gabrielle et je dis que je passais par là donc je suis là c'est normal. C'est pas vrai mais elle le sait pas mon détour. Quand elle va pour dire quelque chose, j'y montre les mangues que j'ai achetées. Moi j'ai jamais vu ce fruit de toute ma vie je jure. Mais elle elle me dit que c'est son fruit qui est le préféré. Alors tout de suite j'y dis que c'est spécial pour elle et elle est contente.

Elle me dit qu'elles sont juste mûres comme il faut manger ça et que si je veux l'attendre deux minutes, on pourra aller les manger chez elle. Moi pour aller quelque part avec je pourrais l'attendre deux mois là sans bouger alors il y a pas de problème. Avec son sourire qu'elle me fait en plus. Donc on va chez elle qui est pas très loin du boulot. En marchant on parle de n'importe quoi et c'est pas grave. Je sais qu'on va aller chez elle les deux et qu'on va être ensemble pendant trois mangues. Demain j'en achèterai vingt-cinq. Chez elle c'est une grande chambre double des résidences de l'Université de Toronto louée pour l'été. On s'installe sur une petite table qui est là. Elle prend un couteau et elle ouvre une mangue en deux pour sortir l'espèce de gros noyau qu'il y a là-dedans et qui est pas bon. Pour moi les fruits exotiques c'est vraiment un autre monde. Chez nous les fruits exotiques c'était pas plus que des bananes. Il y a tout plein de jus qui coule dessus ses doigts et elle lèche ça c'est très beau. Je suis hypnotisé. Elle coupe ensuite chaque moitié comme en damier et ensuite elle retourne la carapace pour faire sortir les morceaux. C'est très fabuleux de voir ça ce qu'elle fait avec ce fruit qu'est pour moi encore une énigme. Elle dit modeste qu'elle a pas de mérite elle a vu faire ça pareil dans un restau chinois. Moi elle me fait sentir tout comme un pauvre qui a jamais rien vu. Et là on va dehors sur le banc qui est là pour manger la mangue. C'est le meilleur fruit du monde et il est pas défendu.

Je comprends pas pourquoi je l'aime cette fille. D'ailleurs c'est juste je comprends qu'aimer c'est ça qui m'arrive. J'ai jamais fait ça avant. Je sais même pas que je suis capable de faire ça moi-même comme presque tout le monde. Pour moi les filles avant c'était juste des trous. Et là il y a Gabrielle qui est tout le temps là dans ma tête et qui peut faire que je suis heureux extraordinaire ou que je suis malheureux à mourir. C'est tout elle qui fait ma météo. Carl il dit que c'est son côté fille de riche qui m'attire et qui m'impressionne. Les pauvres comme nous on est toujours attiré par les princesses comme elle il dit. On admire on veut ça qu'on a pas. Gabrielle elle a son grand-père qui était à la Cour suprême. En plus elle a son éducation très bonne qui est faite par les ursulines. Elle est toujours très bien habillée très chic et son parfum sent très bon mais très discret. C'est vrai que tout ça je trouve ça merveilleux mais c'est pas tout j'y dis à Carl : elle m'impressionne par son intérieur.

Carl il se révolte un peu. Il me dit qu'il faut que

je regarde quelque chose en face, elle est pas du tout intelligente ma Gabrielle. Elle est sotte à un tel point qu'elle aime ça le Canada. C'est dire! Elle trouve que c'est très bien que le Québec il soit là-dedans, dans ce piteux État. Mais moi, même si je sais que c'est en dessous de tout au niveau intelligence d'être fédéraliste, sincèrement je peux pas y reprocher ça la politique. J'y pardonnerais le génocide à Gabrielle.

Moi de toute ma vie, le seul Canada que j'ai aimé c'est le Canada Dry. Mais j'y dis pas à Gabrielle. Je veux pas l'embêter avec ça ces choses qu'elle s'y intéresse pas tellement de toute façon. Par contre j'essaie tout le temps d'y montrer que j'en sais plein des choses. C'est pas très difficile de l'épater. C'est quelqu'un qui par elle-même elle s'intéresse pas tellement à ça les choses. Ça empêche pas que j'ai toujours peur d'y dire quelque chose de pauvre, quelque chose qui fasse qu'elle me trouve trop pauvre pour elle. Je voudrais qu'elle me voit en dehors de ça les classes sociales. Comme je suis, comme je voudrais être.

Alors un jour on se promène au port et j'y raconte mon histoire comme quoi des fois la langue me parle. Elle comprend pas elle veut un exemple. D'habitude c'est pas un truc que j'ai le contrôle mais là il me vient cette drôle d'idée. J'y demande en voyant les bateaux si elle peut m'expliquer à quoi ça sert simplement... Si on prend le mot bateau et qu'on le sépare en deux. On a d'un côté le verbe « battre » et de l'autre le mot « eau ». On voit donc que cette invention ça sert à battre l'eau, à la vaincre. Et d'y dire ça c'est comme si j'y avais offert des fleurs qu'elle aime. Elle en revient pas de cette chose simple que j'y dis juste parce qu'elle me passait dans ma tête. Ensuite elle me demande très curieuse très intelligente, si c'est la même chose pour la ville qui s'appelle Bordeaux et qu'on pourrait dire au bord des eaux. Et donc c'est moi qui suis très épaté. Et c'est pour ça que je peux pas croire Carl quand il dit qu'elle est sotte. Les sots, la langue ça les intéresse pas.

Sans qu'on devienne vraiment un couple (c'est-à-dire elle veut toujours pas qu'on s'embrasse), on devient de plus en plus proche. Des fois on est même un peu intimes quand personne regarde. Un soir on va au cinéma voir un film genre *Cinéma Paradiso*. Elle trouve ça très beau ce film et elle me demande j'en pense quoi moi. Moi je trouve c'est une vraie merde comme rarement on en fait mais j'y dis pas. J'y dis à la place que j'ai pas de jugement parce que je comprends pas grand-chose dans le septième art. Et comme je manœuvre très bien et que ça nous fait pas faire de détour, je réussis à l'amener dans ma chambre louée chez les Jamaïcains. Il est pas très tard et on se retrouve dans le lit. C'est sûr il va se passer deux trois trucs. Je prends bien mon temps. Et tout d'un coup il y a la monoparentale complètement hystérique et confirmiste qui frappe des grands coups dans la porte. Elle vient pour nous rappeler que l'enfer existe et qu'il est pas question qu'on le ramène dans sa maison. Elle dit à mon amour qu'il faut qu'elle foute le camp tout de suite et qu'elle devrait avoir honte d'être une vraie salope. Moi souvent je m'attends au pire mais là j'avoue que je reste comme un pantois.

Au bureau le lendemain on en reparle en riant mais sur le coup on riait pas. Alors ensuite on se met à reparler de la baie Géorgienne et que c'était vraiment très bien là-bas. Je sens qu'elle aimerait bien y retourner alors j'y propose qu'on y aille. Elle sait pas trop mais j'insiste en y disant que j'ai une tente et tout qu'un copain me l'a prêtée. C'est pas vrai mais j'en achèterai une c'est rien. Elle trouve que c'est pas une mauvaise idée. On achète deux billets pour le car qui va là-bas et on y va convoler en week-end.

Quand on arrive le premier soir, c'est un peu épique parce qu'il fait noir et j'ai pas prévu le détail. Il faut que je monte la tente toute neuve et que je l'ai même jamais vue avant. Je crois que quand elle est là et qu'elle me regarde allumer un feu de brindilles pour qu'on voie un peu quelque chose, elle doute. Elle a pas nécessairement tort parce que moi je pense comme elle. Ce qu'elle sait pas par contre, c'est à quel point je l'aime comme l'infini et l'univers. Et si il faut que je monte cette tente que j'ai jamais vue dans le noir, je vais le faire et rien m'arrêtera. Et c'est vrai je la monte et rien m'arrête. Même si c'est un peu long et qu'il commence à pleuvoir. Je suis le papa oiseau qui fait le nid pour la maman oiseau. C'est programmé en moi. Elle, elle dit rien. Elle pourrait s'en aller boire un café mais elle bouge pas. Elle fait juste recevoir la pluie et être merveilleuse avec mon blouson que j'y ai prêté sur sa tête pour pas qu'elle se mouille.

Quand on est dans la tente enfin, c'est quand même pas trop tôt. On se parle pu tellement. On a juste envie de se coucher. Et ça tombe bien avec la tente qui est très petite qu'on peut pas être debout dedans et même assis on est mal. Elle a pris son sac de couchage et moi j'en ai pas. Je crois qu'il faudrait peut-être que je dorme avec elle parce que les nuits sont fraîches ici et qu'à deux ensemble c'est plus chaud c'est connu. Elle me demande si ça me dérange pas trop qu'elle dorme nue. Parce qu'elle dort comme ça d'habitude sinon elle peut pas dormir. Mais je sais pas trop quoi il faut répondre à cette question. Non non j'y dis. Alors je l'entends qui se déshabille avec la braguette du jean qui fait zip et le soutien-gorge clic... Elle plie tout au bout du lit je devine. Elle me dit qu'on peut coucher ensemble ça la dérange pas. Elle me dit ça et je peux pas savoir si c'est sexuel ou c'est juste se coucher pour dormir qu'elle pense. Mais quand on se retrouve les deux dans le même sac, j'ai mon sexe qui a un peu le nez dans le sien c'est naturel avec la position. Alors elle je sais pas trop ce qu'elle fait mais moi j'y rentre dedans et je fais l'amour pour la première fois de ma vie. On fait ça à l'anglaise bien sûr, sans des préambules et le plus possible en pensant à autre chose. Elle veut toujours pas que je l'embrasse sur sa bouche. Pour moi c'est vraiment un gros drame. Je préférerais encore juste l'embrasser que tout faire ça qu'on fait. J'embrasse beaucoup son cou et ses seins je les lâche pas non plus. J'ai envie de la lécher partout mais je le fais pas.

Le lendemain je me réveille avec mon érection matinale. Je sens que c'est encore possible pour lui mettre dedans tout ce qui me dépasse. Elle dit pas non.

Le romantisme la brime pas trop ma Gabrielle. Nous les hommes on se sent pu quand ça nous arrive mais elle elle aime pas ça du tout le sperme que ça y coule entre ses jambes. Je suis pas complètement un goujat, je comprends. Heureusement elle a toujours des Kleenex à sa portée. Ça la gêne pas du tout de s'essuyer devant moi. Tout de suite sans perdre du temps elle écarte les cuisses et elle passe le Kleenex deux trois fois en forçant un peu avec une moue de beurk. Et puis c'est réglé on en parle pu. Moi de mon côté je fais semblant de regarder ailleurs je sais pas où mais j'ai hâte que ça finisse. Je me sens coupable et j'ai juste envie de m'excuser de l'avoir engluée comme ça. Je voudrais y dire que c'est pas ma faute que ça sort tout seul cette sécrétion.

Même si elle a pas joui dans la tente (ou en tout cas elle a eu la délicatesse que ça paraisse pas), elle a quand même l'air très bien. Elle veut même que j'y tienne sa main tout le temps presque.

J'ose pas trop réfléchir à ça mais quand on dit que faire l'amour avec la personne qu'on aime c'est ce qu'il y a le mieux du monde, je suis pas sûr de comprendre. Nous c'est un peu une catastrophe notre sexe ensemble. Mais vaut mieux que j'y pense pas alors j'y pense pas.

Il faut pas oublier qu'on est venu surtout pour se baigner. Elle nage comme une merveille Gabrielle. C'est normal une sirène! Elle apporte toujours sa serviette jusqu'au bord de l'eau. Quand c'est pas commode de faire ça, c'est moi qui suis chargé de l'apporter. C'est parce que son beau maillot avec l'ancre dessus il est blanc donc il est un peu transparent. Alors Gabrielle elle sort pas de l'eau sans sa serviette. Elle se l'enroule autour de la guêpe et ça y fait une jupe. Elle fait ça systématique parce que ça la gêne trop sinon qu'on lui voie son petit porc-épic.

Gabrielle elle est un peu complexée de ses jambes. Il y a un endroit dessus elle me montre et c'est une varice. Elle dit que c'est pas bien du tout pour une fille de son âge d'avoir ça. Moi jamais même j'avais remarqué et pourtant je la regarde tout le temps je jure. Je la trouve très jolie cette varice j'y dis. Je vois pas c'est quoi qui cloche. Mais alors elle se fâche et elle dit que j'arrête de la prendre pour une conne... Donc je ferme ma grande gueule mais je trouve que c'est pas juste l'amour parce que ça me brise le cœur.

Notre petit week-end c'est pas long il est fini. Quand je rentre chez moi j'ai une belle surprise qui est là sur le palier. C'est des sacs poubelles avec toutes mes affaires qui sont dedans. Il y a un petit mot qui m'enjoint à aller faire mes cochonneries autre part ailleurs.

Je suis vraiment sûr de rien mais je tente le coup d'aller me réfugier chez Gabrielle. C'est pas pour longtemps je dis. Même si elle dissimule visiblement sa joie, elle me dit que je peux rester là avec. Sincèrement je vois pas bien ce que je pourrais demander de plus au monde sans passer pour quelqu'un qui est jamais content. Peut-être elle m'aime un peu finalement.

En un rien de temps on se met à partager plein de choses, sa chambre surtout. Je suis fier comme un coq d'être en ménage avec elle. On se fait des repas on se brosse les dents, tout et tout. Elle me fait découvrir le vin et les spaghettis carbonara. Moi je voudrais en manger tous les soirs mais elle elle est raisonnable et donc non. On pourrait être heureux presque si des fois au moins de temps en temps j'arrivais à la faire rire. Mais elle l'entend pas mon humour. Je fais que me les masturber mes blagues. Mais je peux pas rire tout seul alors je suis triste.

Il y a une autre stagiaire dans le bureau d'à côté au ministère. Elle s'appelle Rachelle. On prend souvent la pause café ensemble. J'y raconte tout. Je sais pas trop pourquoi mais ça l'intéresse, elle me demande toujours des détails. Elle est née au Québec mais pas ses parents. Ils sont de Haïti eux. Elle a gardé cette très belle peau noire en souvenir. Son père il a pas pu émigrer avec le reste de la famille à cause des problèmes de la politique qu'ils ont là-bas dans ce pays. Il a été tonton-macouté autrement dit. Ou alors c'est seulement pour la belle histoire qu'elle raconte ça. En tout cas on devient très intimes parce que j'ai très besoin de réconfort dans toute cette aventure qui m'arrive.

(Je vais continuer avec Gabrielle et puis je reviendrai avec Rachelle après sinon je vais m'embrouiller.)

Quand on se lève le matin avec Gabrielle c'est un moment vraiment qui est extraordinaire. Je prends toujours un peu d'avance sur elle pour me réveiller avant. C'est l'affaire de deux ou trois minutes mais je peux pas rater ça. Parce que Gabrielle c'est un soleil avec ses cheveux blonds très fins qui rayonnent. Et c'est pas tout le monde qui a la chance d'avoir ça l'aube dans ses bras. Même quand un jour je me rends compte par hasard qu'elle est pas une vraie blonde, ça change rien de rien. C'est toujours un soleil autant, ça lui part d'au fond d'elle. C'est pas une simple histoire d'apparence. Moi tout peut m'arriver dans ma journée que ça a pas réellement d'importance de toute façon. On peut rien contre lui le mec qui se lève avec son soleil. Les Japonais l'ont bien compris.

Il y a quand même un moment où tout ça va s'arrêter. On y est pour rien personne c'est le temps qui est fait comme ça. La fin de l'été arrive. On va bientôt rentrer chacun dans son chez soi. Moi j'en ai pas de ça mais elle oui. Elle a même quelqu'un qui l'appelle très souvent à la maison et que ça la gêne quand je suis là. J'y demande jamais c'est qui parce que j'ai trop peur et que ce que je sais pas ça me fait pas mal. Je veux pas en savoir plus qu'elle veut dire. Je me dis qu'elle me protège de la réalité d'où on vient et qui va trop vite nous rattraper même si on est jeunes.

Et c'est irrémédiable (je prends cet adjectif qui a le mot diable dedans), notre dernière nuit est là. Mais tant que je suis avec elle, je me rends pas compte de la fin du monde. Je suis infiniment avec elle et l'infini ça peut pas s'arrêter même par le temps. En plus c'est la première fois que je me sens à peu près digne d'être tout nu devant elle comme ça dans notre lit conjugal. Je remarque que c'est à cause de mes poignées d'amour qui sont presque disparues à force que je mange pas. Et quand je mange je vais souvent vomir tout juste après. Gabrielle elle croit que j'ai une santé qui est fragile alors que pas du tout. C'est uniquement dans ma tête les problèmes. C'est pas vrai l'histoire de la gastro qui veut pas passer. En fait c'est que quand je mange je me trouve tellement un gros porc de faire ça que j'ai des remords et je vais me faire tout dégueuler aux toilettes avec le doigt que je m'enfonce. On dirait qu'il y a qu'en me faisant du mal que je me fais du bien. Je sais pas expliquer.

Donc c'est sûr que c'est moi qui aime le plus des deux parce que c'est moi qui mange le moins même quand c'est bon. Mais j'en ai fait mon deuil de ça. Celui qui aime le plus il aime le plus et puis voilà. Je peux rien changer. C'est peut-être mieux si c'est moi qui souffre. Je voudrais tellement pas qu'elle aille mal.

Je décide comme je me sens très bien nu là à côté d'elle de tout y dire ce que je ressens et qui me brûle. J'aurai peut-être pas d'autre chance que maintenant. J'y dis : taj mahal, te m'aije, t'ai jeme (au début c'est pas facile) et puis ça sort je tai'me, je t'aime, je t'aime, je t'aime. Voilà c'est dit, c'est une chose qui est réglée. J'y répète jusqu'à temps qu'elle comprenne. Il fallait que je me déshabille du dedans comme je suis tout nu du dehors. J'ai peur d'avoir l'air fou mais j'arrive pas à me retenir d'y dire qu'elle est mon soleil, mon soleil, mon soleil. J'y raconte aussi mon manège que je me lève chaque matin avant elle pour la regarder et que c'est pu trois minutes mais que c'est une demi-heure maintenant. J'y dis que l'aimer je fais sûrement pas ça comme ça doit j'ai pas d'expérience là-dedans, mais j'y mets tout ce que j'ai. J'y demande pardon aussi pour tout ce que je suis pas et qu'il faudrait l'être.

En fait c'est comme si pour la première fois de ma vie je m'avouais vaincu et que pourtant c'était pas une défaite. C'est comme si je découvrais de l'humanité en moi un lien avec autrui. C'est comme si je découvrais la possibilité de vivre autrement qu'une bête qui pense qu'au steak. Je touche pour la première fois à quelqu'un d'autre par ce que j'ai d'essentiel. J'ai l'âme qui sort.

On s'endort dans nos bras. Et pour une fois encore je suis quelqu'un qui va se lever avec son soleil. Demain on sera pu ensemble mais demain c'est demain c'est pas maintenant. On fait l'amour et c'est elle qui fait un petit peu des premiers pas. On le fait ensemble vraiment comme si on était les deux (ou alors c'est moi qui m'imagine ça). Mais je suis dans elle, c'est ça la vérité l'intense. J'essaie de pas aller pour l'embrasser parce que j'ai trop peur de tout gâcher mais je crois qu'elle dirait peut-être pas non.

Pour rentrer au pays on décide de prendre le train. Elle achète un billet pour jusqu'à Québec et moi je l'achète pour Montréal. Durant tout le trajet on se sent qu'on est seuls au monde. On est dans notre petite tranchée des sièges et on est sans personne qu'on connaît. Pu rien est pareil depuis hier. J'y fais toucher mes tempes là où ça me chatouille de l'aimer et elle a pu de doute. Pour la première fois elle sourit elle a l'air heureuse avec moi. Pour la première fois elle veut que je vienne sur ses lèvres. On se retrouve concentré là tous les deux. C'est par le bouche à bouche que je la ramène à l'amour complètement. On s'embrasse des centaines de baisers, la moitié au moins avec la langue qui fait le tour. Je fais même le test pour voir et elle vient me la chercher dans ma propre bouche. Je crois qu'elle m'aime tous ces 500 kilomètres qu'on fait. J'ose pas compter en heures ça ferait trop court. Mais le problème dans notre monde c'est pu les distances, c'est les vitesses. C'est ça qui nous précipite vers plus tard tout le temps et que des fois ça gâche tout. Là je voudrais presque mourir. Je suis au fond je sais pas comment espérer encore quelque chose après ça.

C'est moi qui arrive le premier où je vais parce que sur la route Montréal c'est avant Québec. Je descends du train quand il y a le coup du sifflet. Je viens la regarder qui va s'en aller. Elle ventouse sa bouche sur la vitre et moi je commence à pleurer. Elle s'éclipse.

On a prévu de continuer à se voir. On peut sortir ensemble même s'il y a un peu de la distance qui gêne. C'est pas insurmontable comme difficulté. On pense qu'on peut se voir une semaine sur deux et que ça nuirait pas à ses études qu'elle fait dans son Université.

Elle a dit qu'elle m'appellerait en revenant de ses petites vacances qu'elle va prendre avec sa famille.

J'attends j'attends mais elle appelle pas. La première fois que je l'appelle elle est pas là. Je l'appelle une dixième fois et elle est toujours pas là. Je sais qu'il faut pas que je fasse ça mais je l'appelle et je l'appelle. Et puis il y a cette fois qu'elle me parle finalement. Elle me dit qu'elle a longtemps douté mais qu'elle doute pu. Elle croit qu'elle a pris sa bonne décision. Elle s'était accordé tout l'été pour réfléchir mais là c'est bon. Elle va l'épouser le mec qui l'appelait tout le temps et qu'elle voulait jamais me dire c'était qui. Il est le fils de celui qui vend les Mercedes à Québec, un ami de ses parents de longue date. Il faut que je comprenne, elle avait déjà une vie avant.

Notre amour c'était comme un iceberg. J'ai cru

qu'elle m'en avait montré la pointe dans le train. Mais en fait tout ce qu'elle m'avait montré de l'iceberg, tout ce qu'elle m'a montré de l'amour Gabrielle, c'est le *Titanic.*

Heureusement j'ai gardé le numéro de téléphone de Rachelle et celui de Carl aussi. Rachelle c'est sûr c'est pas la plus belle mais elle est noire et en plus j'ai le ticket qui est très facile avec. Alors j'en profite. C'est pour me sentir moins seul parce que tout me pèse. Je l'appelle juste un petit coup Rachelle et elle fait tout le reste. Je pense qu'elle croit que j'y raconte tout pour qu'elle sache que je suis libre maintenant et que ça pourrait être son tour. Inconsciemment c'est peut-être pour ça exactement que je l'appelle oui.

C'est une nature sportive Rachelle. Elle nage presque comme une olympique. Ça y fait ses fesses et ses seins très fermes et ses cuisses très sculptées. On peut pas dire qu'elle me stresse beaucoup la queue. Je les préfère molles plutôt les filles.

Rachelle c'est une fille que quand je la regarde je pense juste à baiser sa grande sœur qu'est bien mieux qu'elle.

Elle me téléphone tout le temps. Elle me sort pas beaucoup de ma déprime mais on se voit quand même. On finit par coucher ensemble mais c'est vraiment parce que ça se fait tout seul comme par un abracadabra. Dans l'intimité sa peau noire comme elle a c'est nouveau ça change vraiment. Et ses seins noirs qui sont finalement pas si mal c'est très bien. Par contre ses cheveux et ses poils d'en bas c'est pas ce que je préfère. D'ailleurs pour le capillaire, il y a vraiment que les Asiatiques qui sont le top.

Carl il me traite de raciste quand j'y dis que sa peau noire à Rachelle ça m'excite et quand j'y dis aussi que j'aime ça le contraste de nos deux peaux. (J'ose pas y dire pour le sperme que des fois je jouis sur elle pour voir aussi !) Il m'accuse de libido coloniale. Il a lu ça dans un livre et il dit que ça existe. Mais en fait si j'y disais que parce qu'elle est noire elle m'excite pas, il me traiterait encore de racisme. C'est parce qu'il sait que je l'aime pas Rachelle et que lui il a un petit faible pour elle. Il a de la jalousie. Mais j'y peux rien si elle veut pas coucher avec lui.

Rachelle de son côté elle a l'air de tomber assez amoureuse de moi la pauvre. Je peux rien faire pour l'empêcher. De toute façon je pourrais que je sais pas bien si je le ferais. J'aime ça que les gens m'aiment. Mais elle plus j'y dis d'aller voir ailleurs si je suis là, plus elle m'appelle et plus elle me colle. Pour moi c'est plutôt une fille comme celles d'avant. J'y attache pas d'importance. Elle est là elle est là. Elle est pas là elle est pas là. Je la pine assez mais j'ai vraiment rien à y dire. En plus je pourrais vraiment en faire ça que je veux. Elle a été élevée soumise ça se voit. Heureusement pour elle j'ai pas trop l'imagination.

Tout ça c'est bien avant que je devienne presque un transfuge et que je me mette moi-même à trahir mon idiome. On peut dire qu'elle finit par m'énerver à parler comme une Française (et à parler aussi bien anglais aussi). Elle est née au Québec et elle est même pas foutue d'aller dans nos écoles. Elle passe du lycée privé à l'université anglaise. Quand j'y repense il y a pas rien d'extraordinaire là-dedans. Nous non plus on les trouve pas bonnes nos écoles. Si on pouvait ne pas y aller on irait pas. Mais quand même elle me tape vraiment sur le système.

J'ai pas toujours le cœur à ça mais on peut dire que j'y bourre la fente quelques bons coups et qu'elle en veut tant mieux. Elle aime beaucoup ça le sexe et au moins quand on éjacule on pense pas à autre chose. Elle est très buccale avec sa bouche qui est très grande. J'évite qu'on s'embrasse. Elle me lape j'aime pas ça.

Après gicler j'ai juste envie de foutre le camp. Mais c'est tout le temps elle qui vient chez moi. Chez elle on peut rien faire avec sa mère qu'est tout le temps là et qui m'aime pas beaucoup. Elle sent bien que moi sa fille je m'en fous complètement. Les mères elles sentent ça. Donc après gicler j'ose pas la mettre dehors trop vite. Je me laisse pas emporter. Je m'en fous d'elle mais je veux pas y faire de peine non plus pour rien. J'ai un peu la compréhension. J'ai été amoureux je sais ce que c'est. Je la laisse se ressaisir cinq minutes. Autrement elle pleure quand je hausse le ton pour parler plus fort. Le pire c'est qu'il y a un peu de vengeance dans mon attitude. Alors qu'elle y est pour rien là-dedans elle. Mais j'ai un mauvais fond j'y peux rien.

Ça dure un temps et puis ça vaut pu le coup, surtout sans l'imagination. J'y dis que je veux pu la voir. J'ai rien contre elle en particulier mais c'est comme ça.

Par contre il y a sa sœur qui me plaît terrible. J'ose pas la draguer devant la mère qui me surveille mais vraiment elle me fait vibrer. Je sens qu'il pourrait se passer quelque chose (je dis quelque chose mais je pense surtout à du sexe). Je fais une petite démarche et je fais tout foirer. C'est ma spécialité avec les filles que ça marche pas.

Aujourd'hui on s'est comme réconcilié avec Rachelle. Je me la branle souvent en fantasme en pensant à tout ce que j'aurais pu y faire et que je l'ai pas fait. Je l'ai vraiment gaspillée cette fille. Mais ça me fait de l'effet que je m'imagine en train d'y labourer le cul quelque chose de rare. Nous deux c'est pour la vie maintenant peut-être. Alors que sexuellement avec Gabrielle c'est vraiment fini. Notion élémentaire de mythologie : Onan c'est pas Hélène qui l'intéresse.

Quand je me ramasse vraiment tout seul, je m'intéresse à tout ce qu'il me reste et c'est mes études. C'est dire que je suis mal dans ma peau pour m'intéresser à ça. Mais que je m'y intéresse ou pas heureusement ça change pas grand-chose. Je suis toujours le cancre que je suis. Je mène toujours le peloton de queue quoi qu'il arrive. Je suis même assez mauvais cette année-là pour qu'on me foute à la porte pour motif que je réussis pas un cours de maths pour la troisième fois. C'est sur le calcul intégral ce cours. Il faut toujours faire des intégrales triples de champ magnétique sur des volumes que je les vois pas. Et je parle même pas de ces maudites équations différentielles que moi je comprends rien là-dedans rien.

Et puis un jour dring dring, il y a Gabrielle qui est au téléphone quand je réponds. Elle est ici à Montréal pour quelques jours. Elle me parle comme si on pourrait se revoir et qu'on serait des bons amis maintenant que le passé est le passé. Mais avec ma voix de quelqu'un qui est au bord de l'infarctus je crois que j'y fais peur. Elle me propose qu'on pourrait se voir mais elle dit pas quand ni où. Elle dit juste qu'elle va rappeler. Je sors pas une seconde pendant trois jours et c'est pas vrai elle rappelle pas. Je la revois jamais. Je l'aime toujours.

Des fois je voudrais repartir à zéro dans ma vie. Mais en fait j'ai qu'à continuer comme normal puisque ma vie le zéro elle l'a jamais quitté.

Cet ouvrage a été réalisé par la
SOCIÉTÉ NOUVELLE FIRMIN-DIDOT
Mesnil-sur-l'Estrée
pour le compte des Éditions Michalon
en juillet 1997

Imprimé en France

Dépôt légal : août 1997
N° d'édition : 0068 – N° d'impression : 39288